学校司書おすすめ!

小学校学年別 知識読みもの **240**

福岡淳子・金澤磨樹子 編

少年写真新聞社

学校司書おすすめ！

小学校学年別知識読みもの240

はじめに

　これは小学校の学校司書が作成した「小学生向き知識読みもの」推薦リストです。対象は、自然科学、社会科学、さらに伝記なども含みます。5年にわたって7人の仲間が毎月集まり、1冊ずつ評価し各学年40冊ずつ240冊を選びました。

　この間、私たちは、知る喜びや命の不思議、人のおろかさと尊さに触れる感動を何度も味わいました。この楽しさをひとりでも多くの子どもたちと分かちあうために本にまとめることにしました。

　きっかけは、日本子どもの本研究会「学校図書館研究部会」で自校の蔵書構成を発表した私と科学読物研究会の金澤磨樹子さんが、文学や物語絵本へのかたよりを痛感したことです。私たちは「知識の読みもの」の紹介やリスト読み（117ページ）の実践を重ねていて、児童が夢中で読む姿を見ていました。そこで蔵書構成改善の一歩として「知識の読みもの」を充実しようと考え、適したリストを探しました。しかし、「知識の読みもの」で「小学生対象」に特化し、なおかつ購入できる本のリストは見つかりません。そこで、自分たちで必要なリストをつくることにしたのです。

　メンバーを現役司書7人に限定したのは、みなが発言する丁寧な話しあいを目指したからです。また、学校司書がつかんでいる子どもの実態や反応を評価に活かしたいと考えたからです。

　私たちはまず、評価の定まった本*¹を読むことから始め、評価する「ものさし」の共通理解を図りました。丁寧に読むこと、自分の言葉で評価することを選定の基本姿勢にしました。

　検討する候補本は、いろいろな推薦リスト（140ページ）やメンバーの読書記録から小学生向きで優れていると思われる本を集めました。候補が千冊を超えたために、話しあいで絞りこみました。新刊本は書評誌等を参考に追加していきました。その結果、66回の例会で検討した本は648冊になりました。

　例会には、既読本でも再読して参加し、当日は本を準備しました。「どこがどのようによいのか」「どこがなぜ理解しにくいか」を言語化するためです。毎回、例会記録とレビュースリップ（評価表・115ページ）を作成しました。

掲載の紹介文は既存の紹介等を使わずに、このレビュースリップをもとに未熟でも自分の言葉で書き推敲しあいました。これも私たちにとって大きな学びとなりました。

　各学年40冊としたのは、クラスごとの来館時の一斉読書やリスト読みにも対応しやすいからです。具体的な実践や子どもたちのようす、シリーズについては長めの紹介文やコラムで報告しています。討議の末に選び、なんとか紹介文を仕上げたあとにも品切れ重版未定は発生し*2、やむなく抜き「現在購入できない大切にしたい本」（119ページ）に加えました。巻末には書名とキーワードの索引をつけました。

　子どもたちは物語を好む傾向がありますが、優れた知識読みものに出合いさえすれば、夢中で読むのです。「こんな本もっとない？」と目を輝かせます。シリーズを読破して自信をつける子もいます。図鑑にこだわる子が読みものへ関心をもつきっかけになります。ほかの知識の本に関心を広げ、知の世界へと、軽やかに踏みだしていきます。

　児童の読書力向上の第一歩は、おもしろく上質な本を蔵書に加えることです。そのためには司書が購入すべき本を知ることです。未読本はぜひご一読いただき、ご自身のお気持ちを添えて、子どもたちに本を手渡してください。

　子どもたちが本をとおして、世界の多様性と不思議さに触れて、自分の道を見つけてくれますようにと願っています。

（福岡淳子）

＊1 『新・この一冊から　子どもと本をつなぐあなたへ』（東京子ども図書館）のノンフィクショングループが利用したリスト（『図書館でそろえたい子どもの本　（3）ノンフィクション』（日本図書館協会）から粗選定したもの）から基本書20冊を読みあい。
＊2　本編240冊と予備リストの本は2020年3月末時点での購入可能。

もくじ

学年別リスト

この本の使い方

　本編リストはクラス単位の一斉読書で利用することを考えて、各学年 40 冊ずつ選びました。その際、同学年内の読書力の幅に対応できるよう配慮しました。

　シリーズは 1 冊ずつ評価しています。シリーズ全体の評価や類書等についてはコラムで触れています。

　分野のバランス等で本編リストから外した評価の高い本は「予備リスト」に掲載しています。

　品切れや絶版により、やむなく掲載を見送った本は巻末に「現在購入できない大切にしたい本」としてまとめました。各校の所蔵状況に応じて、リストの本と差し替えてご活用ください。

・本編リスト及び予備リストの収録作品は 2019 年 12 月までに出版された本のうち書店で購入できるものです（2020 年 3 月現在）。
・学年ごとに、分類→書名の五十音順に並んでいます。
・出版年は初版年を採用しています。新版が出たものは新版の出版年です。
・巻末には、書名索引、キーワード索引をつけました。展示やブックトーク、レファレンスなどで活用できます。

対象学年
　本の内容をひとりで読み理解できると思われる学年を示しました。幼児は読んでもらうことを前提にしています。

絵本記号（E）
　別置記号の E を付与しました。学校図書館で「ちしき絵本」として別置できると思われる本につけました。

分類記号
　日本十進分類法（NDC）に基づいて付与しました。分類記号が複数考えられる本は、2 つ付与しています。各館の方針によって選択、変更して配架してください。本書での分類に関する方針は「分類について（118 ペー

ジ）」をご参照ください。

キーワード

主題を表す分類記号を補いながら、内容を大まかにつかむことができる語
句を2つまで記載しました。

凡例

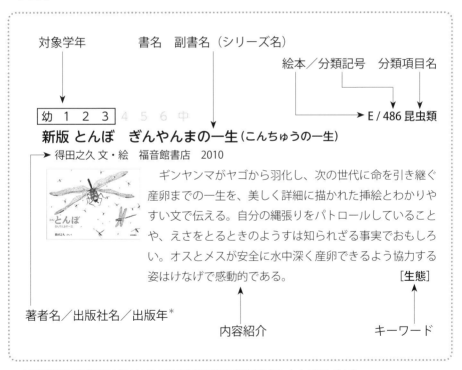

＊福音館書店の月刊誌の上製本については出版年の後ろに雑誌出版年を（　）で示しました。

リストの対象と選択基準

リストの対象

　このリストの選択対象はノンフィクションです。形態では「絵本」「写真絵本」も含めました。

　分野は自然科学、社会科学、人文科学の一部を含んでいます。日本十進分類法（NDC）ですと、４類自然科学を中心に、ほかの分類の本もとりあげました。

　狭義にとらえるノンフィクションは、できごとをありのままに報告する「ルポルタージュ」（旅行記、冒険記など）や「歴史」「伝記」のほか「随筆」「生活記録」「日記」などが含まれます。広義には「知識の本」と「事典類」が加わります。この本では、広義にとらえた上で、その中から「事典と図鑑類」と、なぞなぞなどの遊びや工作の本はのぞきました。

　調べものに向く本ではなく、読みとおすことで１つの世界（テーマ）が浮かびあがり感動がある知識の読みものを選びました。物語仕立てであっても事実が元にあり、それを伝えることを大切にし、自然や科学・社会に関心を抱かせたり、科学的な考え方を育てたりする本は「知識読みもの」としてとらえました。

重視した評価の観点

　①発見、驚き、感動があるか。考えを深めることを経験できるか。

　②著者がそのテーマに精通していて、知識や情報の取捨選択が適切で、発達段階に合わせた差しだし方をしているか。

　③文章が理解しやすく適所に図版や挿絵などが配置されているか。

　④科学的研究は日進月歩であることを示し、もっと知りたい気持ちを生んでいるか。

　⑤科学的なものの見方や考え方、研究方法に触れることができるか。

1年生

１年生

> **１年生の読書**
>
> 　めあては「本に親しむ」ことである。入学時に文字が読める子もいるが、拾い読みの子が中心だ。音読できても文意がとれない子も多い。ひらがなの学習は６月末に終わり、カタカナは秋である。選ぶときは、文章が分かち書きで平易か、その量と配置、カタカナの使用、活字の大きさや字体も検討する。生活科では植物や生きものと親しんだり育てたりする。関連本を紹介するのもよい。どの子も楽しめるように幼児対象の本も選んだ。リスト読みは 12 月以降が適している。

幼 **1** 2 3 4 5 6 中　　　　　　　　　　　E / 407 科学実験

かいちゅうでんとう（幼児絵本ふしぎなたね）

みやこしあきこ 作　福音館書店　2018（2014）

　夜、屋根裏の子ども部屋で幼い兄弟が起きだして懐中電灯で遊ぶ。暗い壁に、大きく小さく変化する丸い光が映る。電灯を壁にピタッとつければ光はとじこめられ、少し傾ければ「びよーん」とのび、ゆらせば踊っているようだ。子どもだけの秘密めいた遊びのなかで、光の存在や性質が浮かびあがってくる。　　　　　　　　［光と影］

幼 **1** 2 3 4 5 6 中　　　　　　　　　　　E / 425 光学

まほうのコップ（幼児絵本ふしぎなたね）

藤田千枝 原案　川島敏生 写真　長谷川摂子 文　福音館書店　2012（2008）

　水を入れたコップのうしろに様々な物体を置く。コップごしに見た物体は光の屈折で歪んだり左右反転したりと不思議な姿となって現れる。しめじをガマガエルに、急須をサイに見立てるなどユニークな発想が楽しい。読後にぜひ試してほしい。擬音語を用いた歯切れよい文章はテンポよく声に出して読みたくなる。　　　　　［実験］［光］

あしたのてんきは はれ？くもり？あめ？
おてんきかんさつえほん（かがくのとも絵本）

野坂勇作 作　根本順吉 監修　福音館書店　1997（1993）

人は昔から雲や風向きなどの自然現象を観察し天気を予測してきた。その中から「夕焼けは晴れる」など日常にある身近な現象を選んで解説する。見開きページを舞台になぞらえ、幼児が劇を演じる形で紹介する構成はユーモラスで親しみやすい。読者は自分でもできる「お天気観察」に関心をもつだろう。　　　　　　　　　　　　　　[天気予報]

つらら　みずとさむさとちきゅうのちから
（ふしぎいっぱい写真絵本）

細島雅代 写真　伊地知英信 文　ポプラ社　2019

つららはなぜ地面に向かってのびていくのか。水が滴る場所にできるという気づきから始め、重力によって地面に引きよせられているという結論へ導く構成は見事。重力という言葉を使わず説明しているのもよい。おもしろい形のつららに名前をつけてみようという提案や、つららをつくる実験は興味を深めるだろう。　　　　　　[物の性質]

にゅうどうぐも（かがくのとも絵本）

野坂勇作 作　根本順吉 監修　福音館書店　2018（1996）

夏休み、少年たちがセミとりに熱中し山の上では綿雲が行列をつくる。その雲が午後になると急に背伸びし盛りあがり、入道雲ができ、そして雷雨になる。縦見開きの絵は効果的で雲の変化と地上の人々の動きを同時に生き生きと描きだす。天気が生活と直結していることを楽しみながら夏の雲を理解でき、空を見あげたくなる。　　　　　　[気象]

1年生

1年生

幼　1　2　3　4　5　6　中　　　　　　　　E / 457 古生物. 化石. 恐竜

きょうりゅうのおおきさってどれくらい？（かがくのとも絵本）

大島英太郎 作　福音館書店　2019（2013）

　　恐竜が生きていたらと想像した男の子が、その大きさを私たちの身の回りにあるものと比較していく。トリケラトプスはジャングルジムくらい、セイスモサウルスは頭だけで部屋がいっぱいだ。読者がその場にいるかのように感じる絵と文で、どのくらいの大きさか想像をふくらませながらページを繰るのが楽しい。　　　　　　　　　　　　［比較］

幼　1　2　3　4　5　6　中　　　　　　　　E / 468 生態学

すみれとあり（かがくのとも絵本）

矢間芳子 作　森田竜義 監修　福音館書店　2002（1995）

　　道端に咲くスミレが実を結び、飛ばした種をアリが巣穴へ運ぶ。ごちそうは種についた白いかたまりの部分だ。アリは種を途中で落としたり、ごちそうを食べてから種だけ巣穴の外に捨てたりする。スミレは食べものを提供することで種を遠くまで運んでもらうのだ。身近なアリと花の共生関係がわかり観察したくなる。　　　　　　　　［共生］

幼　1　2　3　4　5　6　中　　　　　　　　E / 471 植物の基礎知識

たねがとぶ（かがくのとも絵本）

甲斐信枝 作　森田竜義 監修　福音館書店　1993（1987）

　　春の道端で草が実をつけた。空き地、畑と視点を移し花のあとに実がつくことを述べる。種がどこにできるのか、実の集合、実1つ、実の中の種と、順序立てて説明しているので低学年でも無理なく理解できる。植物の生命力を感じさせる力強い描写は見事。短く歯切れのよい文章の繰り返しは軽快で心地よい。　　　　　　［種子］［繁殖］

幼 | 1 2 3 | 4 5 6 中　　　　　　　　E / 471 植物の基礎知識 / 625 果物

ぼくのもものき

広野多珂子 文・絵　福音館書店　2017

　春、男の子が母とベランダでモモの木を育てる。植木鉢に苗木を植え、大切に世話をする。夏をむかえ、たった1つ大きくなった実を男の子は母と半分にして食べる。そこに至るまでの母子のやりとりや、自分で育て収穫した実を食べることができた男の子の喜びをとおして、命を慈しむ気持ちが伝わってくる。　　　　　　　　　　　[栽培]

幼 | 1 | 2 3 4 5 6 中　　　　　　　　　　E / 478 裸子植物

びっくりまつぼっくり (幼児絵本ふしぎなたね)

多田多恵子 文　堀川理万子 絵　福音館書店　2010 (2006)

　公園でまつぼっくりを拾った男の子。ひっくり返したり並べたりして楽しく遊ぶ。リズム感のある文章は、まるで一緒に遊んでいるように読みすすめることができ、わくわくしてくる。最後の実験は、実際には少し時間がかかるが試してみたくなる。読むときに実物があると、より子どもたちの興味を引くことができるだろう。[木の実] [実験]

幼 | 1 2 | 3 4 5 6 中　　　　　　　　　　479 被子植物

あさがお

荒井真紀 文・絵　金の星社　2011

　手のひらの中のアサガオの種。土に埋めると中で根がのび、地上では芽が出て双葉になる。少しずつ変化していくアサガオの一生を美しい細密画で描く。説明もシンプルでわかりやすい。見開きでページいっぱいに咲いた花は鮮やかで、200個の種が並んだ姿は圧巻だ。観察のあとに差しだすとより理解が深まるだろう。　　　　[植物の観察]

1年生

1年生

幼 1 2 3 4 5 6 中　　　　　　　　　　　E / 479 被子植物

きゃっきゃキャベツ（どーんとやさい）

いわさゆうこ 作　童心社　2012

　　キャベツの葉を1枚ずつどんどんむいていくようすを
リズムある言葉で語りかけ、音読するとうきうきしてく
る。キャベツの育ち方や様々な種類も紹介。枯れてしまっ
たかに見えたキャベツに花が咲き、種ができる姿には生命
力を感じる。身近な野菜を題材にしたシリーズの1冊で
どの本もすすめられる。　　　　　　　　　　　　［野菜］

幼 1 2 3 4 5 6 中　　　　　　　　　　　E / 479 被子植物

たんぽぽ（かがくのとも絵本）

平山和子 文・絵　北山四郎 監修　福音館書店　1976（1972）

　　誰もが知っているタンポポの、あっと驚くような生態や
特性、生きるための工夫を、幼い読者にもわかるような巧
みな構成とやさしい言葉で伝える。シンプルで美しい絵は
細かく描かれ、内容の理解を深めてくれる。特に、誰もが
驚く根の長さは印象的で、確かめてみたくなる。植物学者
ならではの監修でこれぞ科学絵本。　　　［植物の観察］

幼 1 2 3 4 5 6 中　　E / 479 被子植物 / 657 森林利用．林産物．木材学

どんぐりころころ（しぜんにタッチ！）

大久保茂徳 監修　片野隆司 写真　ひさかたチャイルド　2007

　　秋に拾ったたくさんのドングリが、どのように成長して
きたかを初夏から秋への連続写真で見せる。地面に落下す
る実、落ちた実を食べる鳥や小動物たち、食べ残された実
が春に芽吹くまでを順に追っている。特徴のあるアベマキ
を例に殻斗について説明。実物大の17種をずらりと並べ
て多様な形にも気づかせる。　　　　　　　　　［木の実］

幼 1 2 3 4 5 6 中

ハートのはっぱ かたばみ（かがくのとも絵本）

多田多恵子 文　広野多珂子 絵　福音館書店　2015（2008）

　　　　身近な草、カタバミの生態をリズミカルな文章と白地を活かした美しい絵で紹介。葉っぱの味見や10円玉磨き、種のロケットの実験があり試してみたくなる。読んでもらった幼児が食べたいと地面を探したという。葉っぱで10円玉を磨くと本当にきれいになった。繁殖のしくみ等の科学的説明はフォントを変え解説。　　　　［植物の観察］

幼 1 2 3 4 5 6 中

おなら（かがくのとも絵本）

長新太 作　福音館書店　1983（1978）

　　　　子どもたちが大好きな「おなら」の話。どうしておならが出るのか？　どうしておならはくさいのか？　おならをがまんするとどうなるのか？　動物のおならもくさいのか？　など、子どもたちの疑問にやさしく答えていく。ユーモラスなイラストや擬音を使って、おならのしくみを楽しく理解できる。本が苦手な子にもおすすめ。　　　［体］

幼 1 2 3 4 5 6 中

よるになると（かがくのとも絵本）

松岡達英 作　福音館書店　2015（2009）

　　　　同じ場所でも、昼と夜に活動する生きものたちは違う。身近な公園、草原や水辺、河原、森など昼と夜の景色が交互に描かれていく。ただ暗いだけでなく、夜の闇の中でも生きものたちが活動しているようすがよくわかる。文字も白抜きで読みやすい。生きものの名前は絵を邪魔することなく書かれていて理解しやすい。　　　［動物］

1年生

幼 **1** **2** 3 4 5 6 中 　　　　　　483 **無脊椎動物**

ミミズのふしぎ（ふしぎいっぱい写真絵本）

皆越ようせい 写真・文　ポプラ社　2004

　　　ミミズの住んでいる場所やえさ、体のつくりなどを迫力ある写真とともに紹介している。よく見かけるミミズだが、体には硬い毛が生えていること、オスとメスの区別がないことや産卵についてなど、驚くような生態について書かれていて興味深く読むことができる。ミミズのうんちは、豊かな土をつくっている点にも触れている。　[**土壌**]

幼 **1** **2** 3 4 5 6 中 　　　　　　485 **節足動物**

ぼく、だんごむし（かがくのとも絵本）

得田之久 文　たかはしきよし 絵　福音館書店　2005（2003）

　　　名前にムシがついているが、実はエビやカニの仲間。コンクリートや石などを食べるので人間の身近にもいることや、なんでも食べるので「自然の掃除屋」と呼ばれることなど、意外な生態を教えてくれるので興味深い。ダンゴムシが一人称で語るので、子どもは親しみをもって読むことができる。　　　　　　　　　　　　　　　　　　[**土壌**]

幼 **1** **2** 3 4 5 6 中 　　　　　　486 **昆虫類**

あわふきむし（しぜんといっしょ）

藤丸篤夫 写真　有沢重雄 文　そうえん社　2015

　　　木の枝や草の根元などに見かける白い泡。その正体を探ると中にいたのは、アワフキムシの幼虫だった。泡のつくり方は詳細に順序立てて説明し、羽化のしかたなどの生態も興味を引く。泡の役目もよくわかる。写真は、デザインが工夫された吹きだしで解説されているので、効果的に理解を促す。　　　　　　　　　　　　[**動物の観察**]

きのこレストラン（ふしぎいっぱい写真絵本）

新開孝 写真・文　ポプラ社　2018

クヌギの枝や幹はキノコの働きで朽木になる。そこにキノコだけをえさとするキノコ虫たちが集まり、その虫をねらってもっと大きな昆虫が集まってくる。キノコは多くの生きものを育み、枯れ木やうんちも分解して土にもどすのだ。森や草原で命をつなぐ大事な働きをしていることを鮮明な写真とともに伝える。　　　　　　　　　　[土壌]

きゃべつばたけのぴょこり（幼児絵本ふしぎなたね）

甲斐信枝 作　福音館書店　2017（2003）

キャベツの葉っぱの裏に張りつくサナギがモンシロチョウになるまでをお話仕立てで描く。そばの虫たちも丹念に描きこむ。ほかの虫がさわると動くサナギを「ぴょこり」と呼んで、その成長を観察するままに語っていく。雨に打たれ、サナギからはいだし、羽を少しずつのばし飛び立つ瞬間までドラマチックだ。　　　　　　　　[サナギ]

せみとりめいじん（かがくのとも絵本）

かみやしん 作　奥本大三郎 監修　福音館書店　2001（1997）

セミとり名人のごんちゃんが、まだ捕まえたことのないてっちゃんにとり方のひけつを教える。網のつくり方から、よく集まる木、捕まえ方のコツなどを伝授。セミの生態の本ではなく採集の本はめずらしい。虫かごを使わずに指の間に挟んだり、胸に止まらせたりするごんちゃんの姿はかっこよくてまねしたくなる。　　　　　　　　[採集]

1年生

幼 ☐1 2☐ 3 4 5 6 中　　　　　　　　　486 昆虫類

タガメのいるたんぼ（ふしぎいっぱい写真絵本）
内山りゅう 写真・文　ポプラ社　2013

田んぼにすむ巨大な昆虫、タガメの生態を紹介している。カエルやヤゴやドジョウなどの獲物にストローのような口を突き刺し、そこから出す液で肉を溶かし、汁を吸いだして獲物を食べる。その暴れん坊ぶりに驚く。タガメが生きるためにはたくさんの生きものが暮らす豊かな田んぼが必要だということがわかる。　　　　　　　　　[生態]

幼 ☐1 2☐ 3 4 5 6 中　　　　　　　　E / 486 昆虫類

どんぐりむし（しぜんといっしょ）
藤丸篤夫 写真　有沢重雄 文　そうえん社　2013

拾ってきたドングリにあいた小さな穴から出てきたドングリムシ。正式名はシギゾウムシという。名前の由来や姿、成長するようすや交尾、産卵などの生態を大きな写真と平易な言葉で解説する。1年生たちが館内に展示中のドングリの箱に幼虫を発見した時に紹介した。興味津々で読んだあとで土に埋めにいった。　　　　　　　　　[木の実]

幼 ☐1 2☐ 3 4 5 6 中　　　　　　E / 487 魚類．両生類．は虫類

あまがえるのかくれんぼ（世界文化社のワンダー絵本）
たてのひろし 作　かわしまはるこ 絵　世界文化社　2019

3匹の小さなアマガエルがかくれんぼ。1匹の体の色が変わり慌てるが、ほかの仲間の色も変わったことで大人になったからだとわかり大喜びする。花びらなどで個性を出したカエルたちの表情や動きは生き生きとしていて魅力的。絵の中の3匹を探すのも楽しい。お話仕立てでアマガエルの擬態について教えてくれる。　　　　　　　　　[擬態]

幼 1 2 3 4 5 6 中

めだかのぼうけん（ふしぎいっぱい写真絵本）

渡辺昌和 写真　伊地知英信 文　ポプラ社　2007

春の田んぼに流れこむ水とともにメダカがやってくる。浅い田んぼの水は温まり、メダカの動きは活発になる。体のわりに大きな口で豊富なえさを食べ、成長し産卵。秋、水が干あがる前に雨であふれた水の流れに乗って命がけで川へもどっていく。田んぼと川がつながっていることをいちばん小さな魚が教えてくれる。　　　[水田]

1年生

幼 1 2 3 4 5 6 中　　　　489 哺乳類

こいぬがうまれるよ

ジョアンナ・コール 文　ジェローム・ウェクスラー 写真
つぼいいくみ 訳　福音館書店　1982

「いいことおしえてあげようか」という問いかけで始まりぐっと引きこまれる。子犬をもらうことになっている女の子が、母犬のお腹が大きくふくらんだ時から観察し待ちきれないようすが伝わる。出産や産まれたての子犬のようす、その後の成長を白黒写真と端的な言葉で丁寧に追う。写真はやや古いが今の子も高い関心を示す。　　　[成長]

幼 1 2 3 4 5 6 中　　　　E / 489 哺乳類

のうさぎ（かがくのとも絵本）

高橋喜平 文　薮内正幸 絵　福音館書店　2019（1973）

ノウサギの生態を、生きのびるすべにスポットをあてて描く。襲いかかる敵からよく聞こえる耳と跳躍力を活かして逃げる姿は躍動感にあふれている。見つかりにくい夜にえさを探し子育てもする。子ウサギも敵の匂いだけで息をひそめる。シンプルな文章と黒1色の精密なペン画は力強く、生きる力が伝わってくる。　　　[生態]

1年生

幼 **1** 2 3 4 5 6 中　　　　　E / 491 人体の基礎知識

てのひらおんどけい（幼児絵本ふしぎなたね）

浜口哲一 文　杉田比呂美 絵　福音館書店　2009（2003）

　パパと手をつないで散歩に出かけたぼくは、パパの手の温かさに気づいた。散歩しながら色々な物にさわって温かさを調べる。日向と日陰の違い、物質による違いを手で感じていく。この本を読んだあとは自分でも確かめてみたくなることまちがいなし。不思議だと思ったことを自分で確かめる、科学の小さな一歩だ。　　　　　　　　　　　[五感]

幼 **1 2** 3 4 5 6 中　　　　　　　497 歯科学

はははのはなし（かがくのとも絵本）

加古里子 文・絵　福音館書店　1972（1970）

　歯を磨いているのになぜ虫歯になるのだろうという問いから、バランスよく食べ、よく噛み、元気に運動することが歯にとって大事であり、丈夫な歯は健康のために重要であることを説く。歯の数を数えるために「は」という文字を並べる結末はユーモアにあふれ、幼い子の笑いを誘う。歯科検診の頃にぜひ紹介したい。　　　　　　　　[体]

幼 **1 2** 3 4 5 6 中　　　　　E / 513 土木設計・施工法

ブルドーザとなかまたち（福音館の幼児絵本）

山本忠敬 作　福音館書店　1988（1984）

　工事現場で働く車の仕事ぶりを写実的な絵と短い文で説明。兄妹と小犬が町でブルドーザーを運ぶ大型車を見かける。そのブルドーザーが現場で削り集めた土を、ショベルローダーがダンプトラックへ乗せ沼を埋めるまでを追う。作業する車のアップの絵は臨場感がある。最後にブルドーザーのしくみを簡単に説明。　　　　　　　[働く車]

あなたのいえ わたしのいえ（かがくのとも絵本）

加古里子 文・絵　福音館書店　1972（1969）

普段生活している「家」が、実は便利な暮らしの道具であり様々な役割をもつことを、幼児にもわかる簡潔な文章で順序立てて伝える。屋根や壁などあたりまえのものも、人が暮らしを守り、便利にするために、考え工夫してつくってきた大切な道具だということが実感できる。作者の絵は緻密で細部も楽しめる。　　　　　　　[住まい]

おいもができた（しぜんにタッチ！）

馬場隆 監修　榎本功ほか 写真　ひさかたチャイルド　2014

サツマイモから出た芽を切って埋めておくと、やがてまたサツマイモができる。土の中の細く白い根がみるみるうちに太いイモに育つようすを、地上の葉と交互に写真で見せてくれるので成長の過程がよくわかる。縦見開きの大きく実ったイモの写真は迫力満点。イモを掘りあげた子どもたちの表情から収穫の喜びが伝わる。　　　　　[栽培]

まめ（かがくのとも絵本）

平山和子 作　福音館書店　1981（1974）

大小様々、形の異なる豆が見開きにずらりと並ぶ。白地に克明に描かれた豆は特徴が明確にわかり、それぞれに美しい。私たちの食べる豆はどれも「さや」の中にできること、芽を出す用意をして休んでいる「種」であることを比較しながら知ることができる。実物大に描かれた豆はリアリティがあり見入ってしまう。　　　　　　[種子]

1年生

1年生

幼 **1** **2** **3** 4 5 6 中 　　　　　　　　　625 果物

バナナのはなし（かがくのとも絵本）

伊沢尚子 文　及川賢治 絵　福音館書店　2013（2009）

今やめずらしくない身近な果物、バナナ。この本にはその知られざる秘密がたくさんつまっている。植物としてのバナナが芽を出し生育するようす、花を咲かせ実のなるようす、地下の根で増える子孫のつくり方など内容は科学的だ。線の太い鮮明な絵と語りかける文で小さな子どもにもわかりやすく伝える。　　　　　　　　　　　　　［果物］

幼 **1** **2** **3** 4 5 6 中 　　　　　　　　E / 625 果物

みかんのひみつ（しぜんにタッチ！）

鈴木伸一 監修　岩間史朗 写真　ひさかたチャイルド　2007

ミカンの皮の拡大写真で「これなーんだ？」と始まり、何重にも中身が守られていることに気づかせる。熟すまでの変化は断面写真を並べて一目瞭然。読み聞かせ当日の給食で低学年が、本の内容どおりにへたの裏のすじと房が同じ数かを嬉々として調べた。日本のみかん22種も紹介。ところどころに大人向けの解説がある。　　［植物の観察］

幼 **1** **2** 3 4 5 6 中 　　　　　　　　E / 626 野菜

やさいはいきている　そだててみようやさいのきれはし（しぜんにタッチ！）

藤田智 監修　岩間史朗 写真　ひさかたチャイルド　2007

料理のあとの野菜の切れ端を水につけておくと葉っぱが出てくる。ニンジン、ダイコンだけでなくキャベツの芯からも！　そのうえジャガイモは根っこも生えてくる。土に埋めると新しいイモまでできる。野菜が生きていることを実感し、やってみたくなる。子どもたちに紹介したり展示したりすると、強い興味を示す本。　　　　　　［栽培］

まよなかのせんろ

鎌田歩 著　アリス館　2016

最終列車が去った真夜中に線路の歪みを直す特殊車両の働きを丁寧に描く。乗組員4人がゆっくりと車両を動かしながら歪みを直し、その後地上作業員がきれいに仕上げていく。車両の図解、細かく描かれた機械類、指令室のアップ、俯瞰図などを駆使して、しくみや働くようすがよくわかる。仕事の本としても使える。　　　　[仕事]［鉄道]

およぐ（かがくのとも絵本）

なかのひろたか 作　福音館書店　1981（1978）

はじめに、犬も猫もいぬかき泳ぎだが人間は？と問いかけ、人間が水に浮くしくみをやさしく教えてくれる。さらに初めて泳ぐ子どもの気持ちに沿って、水に顔をつけ、浮き、泳ぐことを、順序立てて具体的に説明してくれるので一緒にやっている気持ちになる。プール開きの時期に読み聞かせをすると担任にも喜ばれた。　　　　　[水泳]

『やさいはいきている』――実践から

　読み聞かせの途中から身を乗りだしていた子どもたち。終わった時の第一声は「やってみたい」だった。後日、野菜の切れ端を学校図書館で育てはじめたら子どもたちも野菜を持参し教室での栽培が始まり、学校図書館や教室に野菜が並んだ。学校図書館での栽培はほかの学年の子どもたちも興味深く見ていた。野菜の横に展示した『やさいはいきている』（22ページ）と見比べて「ほんとだ」と感心する子、初めて見る野菜の成長に驚きを隠せない子もいた。夏休みの宿題で育て、花を咲かせた子もいた。1冊の本から実体験へとつながった。

1年生

column 1

知的好奇心をくすぐる

　子どもたちには物語絵本だけでなく、知識絵本の読み聞かせも行っている。知識絵本の読み聞かせの際には、知的好奇心を刺激するため、実物を用意したり、クイズを出したりしている。

　校庭に実っていたなた豆をきっかけに豆に興味をもってもらおうと『まめ』（21ページ）の読み聞かせをした。なた豆を含めて、あずき、黒豆、ひよこ豆、レンズ豆、金時豆などいろいろな豆を用意し、その豆の成長した花や葉の写真を見せて「わたしはだあれ？」と豆の名前あてクイズを出した。豆の成長した姿が想像できない子どもが多くいたが、いろいろなことを発見したようだった。それからしばらくの間、学校図書館にクイズに使った豆と本を展示した。低学年のみならず、高学年も興味津々だった。

　ほかにも『だいず　えだまめ　まめもやし』（こうやすすむ文　なかじまむつこ絵　福音館書店）を読んだときに大豆の実物を見せたら「これを育てたらもやしになるの？」と目を輝かせて聞いた子がいた。本と実物が結びついた瞬間だった。

　生活科の「いきものとなかよし」の単元では、学校の周りにいる身近な生きものを探す。この時『ぼく、だんごむし』（16ページ）を読むと、みんな好奇心全開で聞く。特にコンクリートを食べるところでは、「あ〜そういう意味だったのね」とか「へえ、知らなかった」とつぶやきがもれ、そのあとダンゴムシを飼いたがる子がいた。

　知的好奇心のかたまりの子どもたちを刺激することで興味がふくらむ。そんな実践を今後も重ねたい。

（磯沼利恵子）

2年生

2年生

2年生の読書

　1年間、読み聞かせのシャワーを浴びると、未知の言葉が少ない本なら、ゆっくりとだがひとりで読もうとする。読み聞かせは誰にも喜ばれるが、ひとり読みへのステップアップは丁寧な個別支援が必要だ。教員と司書が連携して読む力に適した本を手渡し励ます。調べる学習でも、図鑑だけでなくそのテーマの本を紹介するとよい。読書習慣をつける時期である。学校図書館から毎日借りられるようにして、読みたい本がいつもある状態をつくることが大切だ。

幼 | 1 | 2 | 3 | 4 | 5　6　中　　　　　　　　E / 361 社会学

わたし（かがくのとも絵本）

谷川俊太郎 文　長新太 絵　福音館書店　1981（1976）

　5歳の山口みち子「わたし」は周りからいろいろな呼ばれ方をする。男の子からみると「女の子」、家族でも「妹・娘・孫」と変わる。医師や店員、宇宙人までが登場し、呼び名から社会の多様な関係性に気づかせるユーモラスな作品。中学年にも喜ばれる。4年生でも「姪や甥」を知らない子は案外多い。　　　　　　　　　　　　　　　［社会］

幼 | 1 | 2 | 3 | 4　5　6　中　　　　E / 401 科学理論．科学哲学

ぼくのいまいるところ 新版（かこ・さとし　かがくの本）

かこさとし 著　太田大輔 絵　童心社　1988

　ぼくは庭にいる。庭は町の中にあり、町は日本列島にあり……徐々に空間を広げながら自分がいる場所を認識していく。宇宙空間に到達したあと、最後に再び庭にいるぼくにもどってくる構成は、きりなしうたのようになっていておもしろい。読者は次々に新しい視点を得て、読後は世界がぐっと広がるだろう。　　　　　　　　　　　［宇宙］［存在］

カボチャのなかにたねいくつ？

マーガレット・マクナマラ 作　G・ブライアン・カラス 絵　真木文絵 訳
フレーベル館　2015

　ティフィン先生が教室に大・中・小のカボチャをもって
きた。子どもたちは、大きいカボチャには多くの種が入っ
ていると予想する。それぞれが数え方を工夫して数えはじ
め結果を導きだす。観察して、予想して実証するという科
学的思考の流れを主人公とともに授業に参加しているよう
な気持ちで体験できる。　　　　　　　　［数え方］［授業］

よわいかみつよいかたち 新版（かこ・さとし　かがくの本）

かこさとし 著・絵　童心社　1988

　1 枚のハガキを使って紙の橋をつくり、どんな形に折っ
たらたくさんおもりをのせても壊れない橋ができるか実験
する。弱い紙でも強くなる形が 3 つあり、その形は街や
駅や工場でも見つけることができることを教えてくれる。
身近にあるものを使って実験することができるので、自分
でもやってみたくなる。　　　　　　　　　　　　［実験］

ゆきのかたち（しぜんにタッチ！）

高橋健司 監修　片野隆司 写真撮影　ひさかたチャイルド　2007

　一晩で降り積もった雪には様々な形の跡がついていた。
誰がつけた跡なのかを予想しながら読むことができる。ま
た、雪は自然の力で、おもしろい形に積もったり、不思議
な模様を描いたりする。自分でもおもしろい雪の形を探し
てみたくなる。これらの雪は、小さな氷の結晶からできて
いることも紹介されている。　　　　　　　　　　　［雪］

2年生

幼 1 **2** 3 4 5 6 中　　　　　　　　　　**460 生物**

じゅえきレストラン（ふしぎいっぱい写真絵本）

新開孝 写真・文　ポプラ社　2012

　雑木林の樹木から染みでる樹液にはたくさんの生きものが集まる。虫の幼虫にかじられた穴から染みでた栄養たっぷりの樹液を昆虫たちは各々の方法で食する。その昆虫をクモやカマキリ、カエルがねらう。食事だけでなく交尾の場にもなる。樹液をめぐる生きものの多様な営みとそのつながりを迫力ある写真で伝える。　　　　[昆虫] [雑木林]

幼 1 **2** **3** 4 5 6 中　　　　　　　　　**E / 468 生態学**

どんぐり（かがくのとも絵本）

こうやすすむ 作　福音館書店　1988（1983）

　ミズナラを例に、子孫を増やそうとする木と動物の関係を描く。ドングリを食べる鳥や獣は冬に備えて実を土や木の穴に保存する。深く埋められると芽は地表まで届かず、落ちたままでも乾燥して発芽できない。浅く埋められた実が食べ残されると若木が育つ。動物が蓄えることで木を増やしていると具体的に理解できる。　　　　　　[木の実]

幼 **1** **2** 3 4 5 6 中　　　　　　**471 植物の基礎知識**

ぼくの草のなまえ

長尾玲子 作　福音館書店　2017

　プランターで見つけた雑草の名前を知りたい5歳の太郎くんが、祖父に何度も電話をして草の名前にたどりつく。謎解きのおもしろさを楽しみながら、草の名前の調べ方がわかる。ひとくくりにしてしまいがちな雑草にも命があり名前があるのだと伝わる。刺繍で描かれた絵と祖父との温かな交流も魅力。　　　　　　[植物の観察]

幼 1 2 3 4 5 6 中　　　　　　　　　　　　E / 476 シダ植物

つくし（かがくのとも絵本）
甲斐信枝 作　福音館書店　1997（1994）

　　ツクシ料理を食べて、ツクシを摘みにいったらプツンと切れてしまう。掘ってみると、うねうねと続くひものような「地下茎」があった。地面の下のようすや断面の絵をとりいれながら、胞子を飛ばし枯れたツクシにかわりのびたスギナが秋まで栄養を送り、次のツクシが育ち春に出てくるまでを細密な水彩画で描く。　　　　　　　[植物の観察]

幼 1 2 3 4 5 6 中　　　　　　　　　　　　E / 479 被子植物

さくら（かがくのとも絵本）
長谷川摂子 文　矢間芳子 絵・構成　福音館書店　2010（2005）

　　春の開花から次の開花までの1年間を写実的な水彩画で丁寧に追う。花だけでなく、秋に色が変わる葉やその後の落ち葉も美しい。ほかにも早春のつぼみのようすやサクランボの実の味なども科学的かつ平易な文で書かれており、桜をまるごと楽しむことができる。類書に『春の主役 桜』（ゆのきようこ文　理論社）。　　　　　　　[植物の観察]

幼 1 2 3 4 5 6 中　　　　　　　　　　　　E / 480 動物

いそあそびしようよ！（ほるぷ創作絵本）
はたこうしろう 作　奥山英治 作　ほるぷ出版　2015

　　日焼けやけがをしないように準備し、磯遊びに出かけた兄弟。お兄ちゃんが潮だまりにいる魚やエビ、岩についた貝などのとり方や観察のしかたを教えてくれる。様々な場所に隠れている生きものを見つけたわくわく感が絵からも伝わり楽しくなる。巻末に本文中の生きものについての解説があり知識を補ってくれる。　　　　　　　[採集]

2年生

幼　1　2 3　4　5　6　中　　　　　　　　　　　　　E / 481 動物の基礎知識

海のなか のぞいた

よしのゆうすけ 作　福音館書店　2016

　　父と磯へ来た男の子が初めて水中眼鏡とスノーケルをつけ海中をのぞく。岩場全体、広い磯だまりに浮かぶ父子の背中を俯瞰で捉えた写真で臨場感を出す。男の子が顔を水面につけて目にした海藻の輝きや目の前の生きものの姿が迫ってくる。体験を順に追う写真と父との会話で海をのぞく楽しさがリアルに伝わる。　　[海の生物]［動物の観察］

幼　1 2　3　4　5　6　中　　　　　　　　　　　　481 動物の基礎知識

かわいいあかちゃん 新版（かこ・さとし　かがくの本）

かこさとし 著　富永秀夫 絵　童心社　1988

　　魚類、両生類、は虫類、鳥類、哺乳類と進化の過程をたどりながら、それぞれがどのように生まれ成長するのかを説明する。子どもになじみのある生きものを例としてあげているので幼い子にも理解しやすい。どれも「かわいいあかちゃん」と述べ、種としての違いはあってもすべて大切な命なのだと気づかせてくれる。　　　　　　　　　　［進化］

幼　1　2 3　4　5　6　中　　　　　　　　　　　　485 節足動物

ここにも！そこにも！ダニ（ふしぎいっぱい写真絵本）

皆越ようせい 写真・文　ポプラ社　2018

　　ダニの生態を鮮明な写真で紹介する。クモについたユビタカラダニは赤い宝石のようだ。また、血を吸ってふくらんだマダニの姿には迫力がある。人間に害があることは知られているが、落ち葉などを食べ、ふんが栄養となって土づくりに役立っていることも理解できる。懸命に生きる小さな命の美しさが伝わる本。　　　　　　　　　［土壌］

幼 1 [2 3] 4 5 6 中　　　　　　　　　　　E / 486 昆虫類

いもむしってね…

澤口たまみ 文　あずみ虫 絵　福音館書店　2014

　　母がプランターのニンジンに見つけた派手なイモムシ。姉弟はキアゲハになるまで育てながら生態を学ぶ。畑にニンジンの葉をもらいにいく途中には別のイモムシやケムシもいて母に名前を教わる。アルミ板を使った切り絵は愛らしいが、虫や植物の特徴をよく捉えている。登場した幼虫のサナギと成虫の絵は巻末に掲載。　　　　　　　[飼育]

幼 [1 2 3] 4 5 6 中　　　　　　　　　　　　486 昆虫類

かぶとむしは どこ？（かがくのとも絵本）

松岡達英 作　福音館書店　1990（1986）

　　春から初夏にかけて土の中ではカブトムシの幼虫が成虫になる準備をしている。部屋をつくりサナギになり羽化するようすを順を追って説明する。地上に出てからの成虫のイラストは迫力がありカブトムシの魅力を生き生きと描きだす。カブトムシ以外の昆虫や林の中も詳細に描かれ、それらを見るのも楽しい。　　　　　　　　　[生態]

[幼 1 2 3] 4 5 6 中　　　　　　　　　　E / 486 昆虫類

新版 とんぼ　ぎんやんまの一生（こんちゅうの一生）

得田之久 文・絵　福音館書店　2010

　　ギンヤンマがヤゴから羽化し、次の世代に命を引き継ぐ産卵までの一生を、美しく詳細に描かれた挿絵とわかりやすい文で伝える。自分の縄張りをパトロールしていることや、えさをとるときのようすは知られざる事実でおもしろい。オスとメスが安全に水中深く産卵できるよう協力する姿はけなげで感動的である。　　　　　　[生態]

2年生

31

2年生

幼 1 [2 3] 4 5 6 中　　　　　　　　E / 486 昆虫類

ふゆのむしとり ?!（ほるぷ創作絵本）

はたこうしろう 作　奥山英治 作　ほるぷ出版　2014

冬なのに虫とりに出かけるお兄ちゃんと弟。夏とは違う景色の森に入り、木にさがった札をめくるとテントウムシ、枝にはイラガのマユやミノムシを発見。日があたる池にも虫がいる。お話仕立てだが虫の解説もあり、楽しみながら冬にも色々な虫がいることに気づかせてくれる。同著者の『むしとりにいこうよ！』もある。　　　　　[採集]

幼 [1 2] 3 4 5 6 中　　　　E / 487 魚類．両生類．は虫類

イワシ　むれでいきるさかな（かがくのとも絵本）

大片忠明 作　福音館書店　2019（2013）

海の中でイワシは、いつも大きな群れで泳いでいる。しかし、敵に襲われたり食べられたりして群れが小さくなるとほかの群れと一緒になる。常に大群で泳ぎ、たくさんの卵を産み、種を守る戦略なのだ。標本画を学び生物図鑑を手掛ける著者が細密に描く絵は、まるで海の中を見ているようで臨場感がある。　　　　　　　　　　[生態系]

幼 [1 2 3] 4 5 6 中　　　　487 魚類．両生類．は虫類

さかなのたまご　いきのこりをかけただいさくせん
（ふしぎいっぱい写真絵本）

内山りゅう 写真・文　ポプラ社　2017

多くの生きものにとって栄養たっぷりの食べものである卵を魚たちは色々な作戦で守る。えさにならないよう隠したり、托卵したり、産む数を増やしたりして１つでも多く生き残らせようとする。魚たちの様々な生き残り戦略に驚くと同時に種を残す大変さが伝わる。卵を守る親魚の表情や卵の中身がわかる写真もよい。　　　　　　[子育て]

2年生

32

幼 1　2　3　4 5 6 中　　　　　　487 魚類．両生類．は虫類

さばくのカエル（新日本動物植物えほん）

松井孝爾 文・絵　新日本出版社　1993

　　カエルは川や池など水辺にすむものと思われがちだが、実はオーストラリアの砂漠にもすんでいる。水の少ない厳しい環境に耐えられるように進化をとげてきた。わずかな水を求めて生きのびる生態は興味をそそる。水が干あがる前に卵が無事にカエルに成長できるのか、どきどきしながら読みすすめることができる。　　　　　　　　[進化]

幼 1　2　3 4 5 6 中　　　　　　487 魚類．両生類．は虫類

たつのおとしご（新日本動物植物えほん）

武田正倫 文　渡辺可久 絵　新日本出版社　1987

　　タツノオトシゴが語り手となって、体の特徴やえさのとり方などの生態、仲間について紹介している。個性的な形だが、3 種類のヒレの説明も丁寧に書かれほかの魚と体のつくりを比較しているので、魚の仲間だと理解できる。変わった泳ぎ方やオスが腹の中で卵を育てるという驚きがあり、興味深い。　　　　　　　　　　　[子育て]

幼 1　2　3 4 5 6 中　　　　　　487 魚類．両生類．は虫類

ヘビのひみつ（ふしぎいっぱい写真絵本）

内山りゅう 写真・文　ポプラ社　2009

　　驚きいっぱいのヘビの生態を鮮明なアップの写真を活かし詳しく紹介する。体のしくみ、誕生や脱皮のようすは発見が多くおもしろい。大きく開けた口で卵を丸のみするえさのとり方は迫力満点。公園や家の庭など意外と身近な場所で見かけることや様々な大きさや種類があることも、写真を効果的に使って伝えてくれる。　　　　　[生態]

2年生

幼 1 **2 3** 4 5 6 中 　　　　　　　　　　E / 488 鳥類

かあさんふくろう

イーディス・サッチャー・ハード 作　クレメント・ハード 絵　おびかゆうこ 訳
偕成社　2012

リンゴの木で卵を産み、ひなをかえし、暖かい春もこご
える冬も狩りをして命をつなぐかあさんフクロウ。子ども
たちを敵から守りながら生活するようすを、美しい2色
刷りの版画と詩情豊かな文章で描いている。フクロウの身
体的特徴もきちんと伝えていて好ましい。巻末にかこさと
しさんの推薦文あり。　　　　　　　　　　　**[子育て]**

幼 1 **2 3 4** 5 6 中　　　　　　　　　　488 鳥類

巣箱のなかで

鈴木まもる 作・絵　あかね書房　2018

日本全国の身近な場所で見られる野鳥、シジュウカラ。
その巣の中ではどのように卵が孵化し大きくなるのか、な
かなか見ることはできない。鳥の巣研究家でもある著者が
工夫して暗い巣の中を観察し、巣立つまでを詳細な絵と具
体的な表現で伝える。後ろ見返しに巣箱のつくり方があり
実際にやってみたくなる。　　　**[子育て][動物の観察]**

幼 **1 2** 3 4 5 6 中　　　　　　　　　　E / 489 哺乳類

のうさぎにげろ（新日本動物植物えほん）

伊藤政顕 文　滝波明生 絵　新日本出版社　1979

雪上に残る2種類の足跡から始まる緊迫感のあるスト
ーリー。端的な文と迫力のある絵でぐいぐい引きこまれて
いく。幼いノウサギは耳がよく、毛の色が変わる理由や母
乳の秘密など、その生態から小動物のたくましさが伝わっ
てくる。読み聞かせると子どもが再度自分で読む姿が見ら
れる。巻末で「日本にいるうさぎ」を紹介。　　　**[生態]**

幼 1 2 3 4 5 6 中

まちのコウモリ（ふしぎいっぱい写真絵本）

中川雄三 写真・文　ポプラ社　2007

アブラコウモリの生態をコウモリ自身が語り手となって紹介する。体のつくりや食べもの、子育てのようすや意外にも身近な場所で生活していることに親近感がわく。見る機会の少ない顔つきや実物大の写真で興味を抱き、夕暮れの町で川沿いを探し見つけた子がいた。あとがきから著者の生きものへの愛情が伝わる。　　　　　[動物の観察]

2年生

幼 1 2 3 4 5 6 中　　　　　　　491 人体の基礎知識

あしのうらのはなし（かがくのとも絵本）

やぎゅうげんいちろう 作　福音館書店　2012（1982）

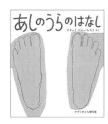

人が足の裏で芝生のチクチクや砂浜の熱さなどを感じるわけや、動物との違いなどをユニークな絵とともに楽しく学べる。足の形をなぞったり、足の指で鉛筆をつかんだり、すぐできる観察や実験が盛りこまれ興味が高まる。はだしになっての読み聞かせでは、自分の足や手の裏を見つめ確かめながら聞いている子がいた。　　　　　[体]

類書で深めるⅠ

　コウモリの本には、『**コウモリ**』（科学のアルバム）（増田戻樹　あかね書房）もある。いろいろな種類のコウモリの生態を紹介している。写真が豊富で、体のつくりなどは図でも説明があり理解しやすい。対象学年は3、4年だが総ルビなので、興味があれば2年生から読める。このシリーズは本によって本文の字が大きいものもあり『**アサガオ**』（佐藤有恒 写真　中山周平 文）は低学年から読める。またカラーページの本編のあとには2色刷りの専門的な知識を補う解説があり、高学年でも満足できる内容となっている。

2年生

幼 1 2 3 4 5 6 中　　　　　　　　491 人体の基礎知識

はなのあなのはなし（かがくのとも絵本）

やぎゅうげんいちろう 作　福音館書店　1982（1981）

　鼻の働きやしくみをユニークな絵とユーモラスな言葉で解説している。鼻がつまると言葉がいいにくくなることや強くほじると鼻血が出ることなど、子どもが経験したことがあることも書かれ、おもしろく読める。イルカの鼻は頭の上に1つ、アザラシやカバの鼻は水中では閉じるといった動物との違いにも触れている。　　　　　　[体]

幼 1 2 3 4 5 6 中　　　　　　　　E / 500 技術．工学

だいこんだんめん れんこんざんねん（かがくのとも絵本）

加古里子 作　福音館書店　2010（1984）

　断面図とは何か、その利点や特長を工夫されたイラストを駆使して説明する。丸ごとの野菜やふたをした鍋も断面図があれば、外からは見えない中身がわかる。たとえば虫食いリンゴも一目瞭然。断面図から元の形を推理する遊びをとりいれて、断面図は切り口で変化することも楽しみながら理解させてくれる。　　　　　　[断面図]

幼 1 2 3 4 5 6 中　　　　　　　　E / 536 車両．運搬機械

なんでもあらう（ランドセルブックス）

鎌田歩 作　福音館書店　2014

　タイトルどおり、身近な自転車から大きな飛行機まで、どのように洗うのかを緻密な絵と平易な文で伝える。道路や駅など意外なものまで洗っているのが興味深い。「洗う」ことはきれいにするだけではなく安全のために欠かせないこと、地味な仕事だがとても重要だということを表情豊かな登場人物が伝えてくれる。　　　[仕事]［清掃]

左余白縦書き：2年生

さとうとしお（しぜんにタッチ！）

精糖工業会　日本塩工業会 監修　古島万理子ほか 写真
ひさかたチャイルド　2015

　　砂糖と塩の性質の違いを子どもたちが実験しながら比較する。なめたり火にかけたり湯に溶かしたりしたあと、砂糖はサトウキビの皮をむきミキサーにかけ、塩は海水を煮詰めてみる。子どもが台所で実験しているので、読者もやりたくなるだろう。結晶の拡大写真や原料、工場での製法も紹介している。　　　　　　　　　　　［実験］

2年生

おすしのさかな（しぜんにタッチ！）

川澄健ほか 監修　古島万理子ほか 写真　中沢正人 イラスト
ひさかたチャイルド　2010

　　握り寿司の材料であるマグロやイカなど5種の魚介が寿司になるまでを紹介。海や川で泳ぐ姿から寿司職人がどう料理し握るかの手順までを丁寧に追う。最後に、紹介した以外の17種の寿司が並び、ページをめくると個性豊かなウニ、アナゴなどの魚介が勢ぞろい。寿司はどれも実においしそうで海の恵みに感謝の念が湧く。　　［魚］［料理］

おとうふやさん（かがくのとも絵本）

飯野まき 作　福音館書店　2015（2011）

　　豆腐店で男の子が早朝から豆腐作りを見学。豆腐屋夫婦が手順やコツを教えながら作業を進める。男の子は音や熱、匂いや味まで体験し、読者も見学している気持ちになれる。道具や機械、店内のようす、客とのやりとりまで丁寧な取材が活き、誠実で生き生きした仕事ぶりが伝わる。豆腐づくしの夕食もおいしそう。　　　　［仕事］［商店］

幼 1 [2] 3 4 5 6 中　　　　　　　　　　E / 625 果物

くるくるくるみ（そうえん社・日本のえほん）

松岡達英 作・絵　そうえん社　2007

　　田舎に住む祖父母の家に遊びにいったゆうかちゃん。お
ばあちゃんが炒ってくれたクルミを一緒に割って中身をと
りだし、料理をつくって食べてみた。おいしかったその実
が木に実り食べられることを知り、季節ごとに祖父母のも
とを訪れてクルミの成長を観察する。主人公の体験を通じ
て楽しく学ぶことができる。　　　　[木の実] [料理]

幼 1 [2 　3　4] 5 6 中　　　　　　　　　E / 649 獣医学

どうぶつえんのおいしゃさん（かがくのとも絵本）

降矢洋子 作　増井光子 監修　福音館書店　1981（1977）

　　動物園の獣医の仕事を園内を巡回するように紹介。ライ
オンの顔のけがを縫ったり、キツネの目を洗って目薬をつ
けたり、嘴が折れたタンチョウヅルのために人工の嘴をつ
くったり。大きな動物から小さな動物までその様々なけが
や病気を道具も工夫して治療する姿から、見えないところ
で働く獣医さんの仕事がよくわかる。　　　[仕事] [獣医]

幼 1 [2 　3　4] 5 6 中　　　　　　　685 陸運．道路運輸

路線バスしゅっぱつ！（ランドセルブックス）

鎌田歩 作　福音館書店　2016

　　子どもだけで路線バスに乗って公園にいくようすがお話
仕立てで進んでいく。まず路線図を見て計画を立てる。は
たして無事に到着できるのか、子どもたちの緊張感やわく
わく感が伝わってくる。身近な路線バスが、お客を安全に
運ぶためにどんな工夫をしているのか興味深い。車内の
様々な装置も細かな絵で丁寧に描く。　　[安全] [働く車]

幼 1 2 3 4 5 6 中　　　　　　　　　　E / 686 鉄道運輸

いちばんでんしゃのしゃしょうさん

たけむらせんじ 文　おおともやすお 絵　福音館書店　2011

中央線の一番電車に乗務する車掌さんが、前夜、宿直室に入るところから車掌区にまたもどってくるまでを作者の体験に基づいて描く。自動起床装置で目覚めることや持ちものなど丁寧に描かれていて興味深い。ページの上に描かれた時計で時刻がわかり、電車の運行を誠実に守る車掌さんの仕事ぶりが伝わってくる。　　　[仕事][鉄道]

2年生

幼 1 2 3 4 5 6 中　　　　　　　　　　E / 686 鉄道運輸

エアポートきゅうこうはっしゃ！（ＰＨＰにこにこえほん）

みねおみつ 作　ＰＨＰ研究所　2013

京浜急行逗子線の始発から終点までの運行を、運転席や線路、街並みのようすなどを描きながらたどる。安全を守るために、終点まで3回も交代する運転士、線路を守る作業員など多くの人の仕事ぶりにも触れている。ページ下部にある電車の種別、運転士の持ち物、計器など図鑑のような絵が子どもの興味にこたえてくれる。[仕事][鉄道]

幼 1 2 3 4 5 6 中　　　　　　　　　　E / 693 郵便

ゆうびんです ポストです（かこさとし◆しゃかいの本）

かこさとし 作・絵　復刊ドットコム　2017

小さな女の子さわちゃんとその家族が出したハガキや手紙、荷物が先方に届くまでを描き郵便のしくみを教えてくれる。郵便局で仕分けられた郵便物が、様々な乗りものを使って日本中や外国にまで送られていることがわかる。送った人の想いが一緒に届くことや、受けとった人が喜ぶようすも伝わってくる。　　　[仕事][社会のしくみ]

問いを考える

　知識読みもののおもしろさは、新たな知識との出合いにある。作者もきっと、自分の体験した驚きや感動を伝えたいのだと思う。

　光村図書の３年国語では、科学読み物を読んで著者がどんな問いをもち、何を調べたかを読み解く学習がある。児童は授業で、教科書の教材文の中にある問いと答えを見つけ、文の構成を把握し内容を読みとる。その学習を活かし、学校図書館に用意された様々な科学読み物の中から１冊選んで読む。本は担任と学校司書が相談し、児童の個性に合わせた幅広いジャンルから選ぶ。この時、適度な文章量で、児童が「読めそうだな」と思うレベルの本をそろえる。その結果、意欲を失わずに本選びをすることができたようだ。迷っている子や読めない子には、冒頭に問いが書かれた本を手渡した。

　最後まで読んで、自分がわかったことや発見したことをもとにクイズをつくるが、案外難しい。明確に問いが書かれた本ばかりではないからだ。なかには、わかったことから自分で問題をつくらなくてはならない場合もある。ところが、子どもたちはクイズをつくるのは大好き。苦労しても楽しんでとりくむ。クイズは先生や学校司書に出す。たとえば、「なんでボラのこどもは、しおが引いて浅くなった場所にいるのでしょう？」（『いそのなかまたち』中村武弘 写真・文　ポプラ社より出題）とか、「だんご虫が食べるとは思わないいがいな食べものはなんでしょう？」（『ぼく、だんごむし』（16ページ）より出題）という問題だ。先生も首をひねると大喜び。自信満々で正解を教えてくれる。先生も楽しみつつ、児童が読みとれているかをチェックする。その後も様々な科学読み物が貸し出された。

（土屋文代）

3年生

3年生

3年生の読書

　3年生は語彙が増え、知らない言葉が出てきても文脈から推測できるようになる。文章を読みとることが徐々に容易になり、国語科の教科書も分かち書きではなくなる。最後まで読みとおせる本で繰り返し満足感を得させる。国語科の「知識読みもの」を口頭で紹介する学習にも本リストが役立つ。好奇心も旺盛なので本の紹介が効果的だ。3年生には、直接本を見せながらのブックトークがよい。リストにある本を展示して紹介カードを添えてもよい。

幼　1　2　**3　4　5**　6　中　　　　　　　**314 議会**

こどものとうひょう おとなのせんきょ
（かこさとし◆しゃかいの本）

　　かこさとし 作・絵　復刊ドットコム　2016

　　　子どもたちが児童館前の広場の使い方をめぐって大激突！　どうしたらなかよく使うことができるかを考える。投票で決めるが、細かいルールがないためにうまくいかない。多数派が中心となるのではなく、少数の意見もとりいれる「民主主義の真髄」を身近な例えをとおしてやさしく説く。大人の選挙の問題点にも触れている。

[社会のしくみ]［民主主義］

幼　1　2　**3　4**　5　6　中　　　　　　　**384 社会・家庭生活の習俗**

おばあちゃんの小さかったとき

　　おちとよこ 文　ながたはるみ 絵　福音館書店　2019

　　　ままごとなどの遊びや食べていたおやつ、家のお手伝いや学校生活など昭和の子どもの暮らしを孫との対話形式で伝える。子どもの表情や道具などが丁寧に描かれ当時のようすが生き生きと伝わる。1988年に出版したものに大幅に加筆・修正。『おじいちゃんの小さかったとき』（塩野米松 文）は男の子の遊びが書かれている。

［遊び］

ちいさな島のおおきな祭り

浜田桂子 文・絵　新日本出版社　2019

　沖縄の竹富島では 10 月に「種子取祭」が行われる。600 年続く祭りは、たくさんの踊りや芝居を神様にささげ、子孫繁栄や収穫を予祝する。島民総出で準備や稽古に専念し、それぞれの役割の中で伝統が受け継がれていくのがわかる。初めて芝居に出る小学 1 年生のなつみの目をとおして祭りのようすが語られる。

[伝承]

ごむのじっけん（かがくのとも絵本）

加古里子 作　福音館書店　2018（1971）

　ゴムの特長を簡単でやってみたくなる 4 つの実験で説明する。ゴムが、水や電気をとおさず音も小さくするなどの性質を活かしてボールやタイヤなど身近なものから宇宙船まで幅広い用途に使われていることを紹介。性質を「くせ」と表現するなど平易な文で、絵にもユーモアがある。裏表紙にはゴムの樹液採取の絵がある。　[物の性質]

このよでいちばんはやいのは（かがくのとも絵本）

ロバート・フローマン 原作　天野祐吉 翻案　あべ弘士 絵　福音館書店　2011（2006）

　「はやさ」とはなにか？　人それぞれに違う感覚を客観的科学的に説明しタイトルの疑問に答える。人間の走る速度を基準に、それに比べて速いものは動物、乗りもの、光……と想像が広がる構成は巧みでわかりやすい。想像力のすばらしさと大切さを感じる最後の展開は、本を届ける私たちの思いをも代弁するようだ。　[速度] [比較]

3 年生

幼 1 2 　3 4 5 　6 中　　　　　　　　　　　　**420 物理**

ひかりとおとのかけくらべ 新版（かこ・さとし　かがくの本）

かこさとし 著　田畑精一 絵　童心社　1988

　光と音のどちらが速いのか、両者をキャラクター化し、かけっこに例えて示す。人やロケットなどと秒速を比べた横棒グラフでは、光の線だけが何ページにもわたりのびていき、群を抜く速さを視覚的に捉えることができる。花火や雷などを見た時に光や音が空でかけっこをしていると思うと、空での現象に親しみがわく。　　　　　　　[速度]

幼 1 　2 3 4　 5 6 中　　　　　　　　　　　　**452 海．川**

みずとはなんじゃ？

かこさとし 作　鈴木まもる 絵　小峰書店　2018

　水の性質と役割を3つのポイントに絞って伝える。形を変える水の性質、生物の体内にあって健康を守ること、地球の温度を保ち生きものの命も守っていること。暮らしの中で水を使う場面を描きながら説明していてわかりやすい。これが遺作となった作者の、海や川、命を大切にしてほしいという熱い思いが伝わる。　　　　　　　[物の性質]

幼 1 　2 3 4　 5 6 中　　　　　　　　　　　**457 古生物．化石．恐竜**

とりになったきょうりゅうのはなし 改訂版（かがくのとも絵本）

大島英太郎 作　福音館書店　2019（2005）

　絶滅したと思われていた恐竜は、実は鳥として進化し私たちのそばで生きていた。恐竜と鳥の違いや類似点を比べながら、なぜ翼をもった小さな恐竜の子孫が鳥へと進化したかをわかりやすく解説している。改訂版は新たに判明した事実をもとに一部の恐竜の絵と文章を改め、巻末の解説文も書き直されている。　　　　　　　[進化]

たべることはつながること　しょくもつれんさのはなし
（みつけようかがく）

パトリシア・ローバー 作　ホリー・ケラー 絵　ほそやあおい 訳
くらたたかし 訳　福音館書店　2009

　動物、人間、海の魚もすべての生きものは植物から始まる食物連鎖でつながっていることをわかりやすく説明する。1つの生きものは、多くの生きものと、食べたり食べられたりしながらつながっている。それを図式で一見して理解することができる。人間による乱獲が食物連鎖を断ち切ってしまう危険性にも触れている。　　　　[食物連鎖]

ちきゅうがウンチだらけにならないわけ

松岡たつひで 作　福音館書店　2013

　生きものはすべてウンチをするのに、なぜ地球がウンチだらけにならないかというタイトルの疑問に楽しく答えてくれる。数多くの科学絵本を描く著者が親しみやすい挿絵と文で、排泄物も生きものに利用され新たな命の源になっていることや、地球上の生物の営みは巧みに循環していることを伝える。　　　　　　　　　　　　[生態系]

どんぐりかいぎ（かがくのとも絵本）

こうやすすむ 文　片山健 絵　福音館書店　1995（1993）

　ドングリが多くなる年と少ない年がある謎をお話仕立てで解く。動物はあとで食べようと実を埋める行動で発芽を手伝うが、動物が増えれば実は食べつくされ若木は減ってしまう。老木たちが会議で実りを休む年を決めたら、食物不足で動物は減り若木が育ったという。生きものが生き残るためのバランスの大切さがわかる。　　　　　　[森林]

3年生

3年生

幼 ☐1 2 3☐ 4 5 6 中　　　　　　　　　　471 植物の基礎知識

じめんのうえとじめんのした

アーマ・E・ウェバー 文・絵　藤枝澪子 訳　福音館書店　2001

色々な種類の植物のつくりや働きをやさしい文と単純な絵でわかりやすく伝える。地面の上と下にのびる植物は上から空気と日光、下から鉱物が溶けこんだ水をとりいれ栄養物をつくりだす。自ら栄養物をつくりだせない動物は、それを食べることで栄養をもらい恩恵を受けている。植物と動物のつながりもよくわかる。　　　　　　　　　［植物］

幼 ☐1 2 3☐ 4 5 6 中　　　　　　　　　　473 葉状植物

もりのほうせき ねんきん（ふしぎいっぱい写真絵本）

新井文彦 写真・文　ポプラ社　2018

森に住む不思議な生きもの「粘菌」。ねばねばした形で好きな場所へ移動し、えさを食べ、排泄もする。子孫を残すために宝石のような美しい姿にもなる。知られざるユニークな生態を写真家の著者がクローズアップした写真で魅力的に伝える。巻末の図版は多種多様な粘菌の姿と名前を知ることができておもしろい。　　　　　　　［変形菌類］

幼 ☐1 2 3 4 5 6☐ 中　　　　　　　　　　474 藻類. 菌類

きのこ　ふわり胞子の舞（ふしぎいっぱい写真絵本）

埴沙萠 写真・文　ポプラ社　2011

キノコから出ているけむりは胞子。これが木について芽生え、成長すると菌糸になる。キノコはこの菌糸が胞子をまくための道具なのだ。雨粒で噴火のように飛びだす胞子などミクロの世界を鮮明な写真で生き生きと伝え、不思議な生態の神秘に迫る。類書に『きのこはげんき』（田中弘美 文　講談社）がある。　　　　　　　　［胞子］

われから　かいそうのもりにすむちいさないきもの（海のナンジャコリャーズ）

青木優和 文　畑中富美子 絵　仮説社　2019

　父と海に潜った男の子が藻場でエビやカニの仲間、ワレカラを見つける。観察しながら体のつくり、食べもの、歩き方、子育て、天敵などについて父に教えてもらう。見返しの「ふろく」には、種類、住処、採集と観察のしかたなど8項目について書かれ、本文の理解を深める。さらにQRコードで動画も見ることができる。　　[動物の観察]

スズムシくん

木坂涼 文　廣野研一 絵　福音館書店　2013

　少女が祖父からもらったスズムシの卵を春から秋まで育てながら観察する。世話のしかたや虫のようすが大きく描かれ、文章も会話体で親しみやすい。祖父からの手紙や電話、少女の観察日記が挿入され飼育のポイントや生態がより詳しく理解できる。著者の長年のスズムシ飼育と観察日誌がもとになった作品。　　　　　　　　[飼育]

3年生

セミのうた・コオロギのうた（新版ファーブルこんちゅう記）

ファーブル 著　小林清之介 文　横内襄 絵　小峰書店　2006

　羽化のため土中からはいでてくるセミの幼虫を観察していたファーブルは、幼虫が掻きだしたはずの土が穴の周りにないことを不思議に思う。土はどこへいったのか観察と実験を繰り返す中で、幼虫の生態を解き明かしていく。幼年向けだがファーブルの好奇心や実験にかける熱意を損なうことなく伝えている。　　　　　　[動物の観察]

幼 1 2 **3 4** 5 6 中　　　　　　　486 昆虫類

テントウムシ（やあ！出会えたね）

今森光彦 文・写真　アリス館　2004

　　幼い娘がもち帰ったサナギの羽化を観察し撮影。戸外での姿をとらえた写真に、生態を見たままにユーモアを交えて綴った文章がつく。色鮮やかに変化する羽化、アブラムシを捕食する獰猛な姿、力強い飛翔、驚いた時の反応などに目を見張る。同シリーズでは『ダンゴムシ』『クモ』『カブトムシ』もすすめたい。　　　　　　　　［動物の観察］

幼 1 **2 3 4** 5 6 中　　　　E / 487 魚類．両生類．は虫類

あまがえるのてんきよほう（新日本動物植物えほん）

松井孝爾 文・絵　新日本出版社　1982

　　アマガエルが冬眠から目覚めてからの1年間を紹介する。体のつくり、えさのとり方、天敵からの逃げ方、鳴き声、交尾、産卵とその後の成長などをやさしい言葉で語る。挿絵が多くそれを補う解説も理解を助けてくれる。気圧の変化に敏感で夕立を予報するとは驚きだ。アマガエルの晴雨計の実験は試してみたくなる。　　　　［両生類］

幼 1 2 **3 4** 5 6 中　　　　E / 487 魚類．両生類．は虫類

うなぎのうーちゃんだいぼうけん

くろきまり 文　すがいひでかず 絵　福音館書店　2014

　　はるか南の海で生まれた1センチ足らずのウナギが黒潮に乗り日本の川にやってくる。川を遡り成長すると10年後に1メートルの銀ウナギとして故郷へもどって産卵する。2009年の産卵場発見をもとに制作され、大回遊魚の生態がわかる。お話仕立てで主人公とともに環境の変化など試練を乗りこえながら冒険を楽しめる。　　　　［生態］

幼 1 　2　3　4　 5　6 中　　　　　　**487 魚類．両生類．は虫類／519 環境問題**

ウミガメものがたり

鈴木まもる 作・絵　童心社　2016

　夏の夜、砂浜で産卵したウミガメのお母さんはすぐ海へ帰っていく。暗い砂浜にはいだした子ガメは様々な危険をくぐりぬけ、大海原へと旅立つ。小さい体で自らえさをとり、成長しながら2万キロもの旅をする姿はたくましい。温かく、迫力ある挿絵はそれを印象づける。環境問題や人とのかかわりにも触れている。　　　　　　[生態]

幼 1　2　 3　4 　5　6 中　　　　　　　　　**487 魚類．両生類．は虫類**

オオサンショウウオ（そうえん社 写真のえほん）

福田幸広 写真　ゆうきえつこ 文　そうえん社　2014

　オオサンショウウオは日本固有種で世界最大の両生類だ。体長は1メートルを超え、寿命は約80年。動くのは何日かに一度だけ。しかし、夏になると繁殖地へ向けて何キロも旅をする。著者は鳥取県にある生息地に1年間通い続け、ユニークな姿と生態を記録した。オオサンショウウオが一人称で話す語り口も楽しい。　　　　[絶滅危惧種]

3年生

類書で深める Ⅱ

　知識読みものには類書があるが、それぞれに独特の切り口がある。本書にも多くのカエルの本が登場するが、**『カエルのたんじょう』**（科学のアルバム）（種村ひろし　あかね書房）も3、4年生にすすめられる。主にヒキガエルの生態を描き、特に卵から生まれ成長するようすが多くの写真とともに詳細に解説される。同シリーズ**『モリアオガエル』**（増田戻樹）は、木の上で暮らすめずらしいカエルの生態を伝える。産卵シーンは迫力のある写真だ。興味をもった子が読み深めれば、次々に新しい発見を楽しめるだろう。

3年生

幼 1 2 3 4 5 6 中　　　　　　　　**488 鳥類**

かえっておいでアホウドリ（おはなしのほん）

竹下文子 文　鈴木まもる 絵　ハッピーオウル社　2010

　　　無人島の鳥島にはたくさんのアホウドリがいたが、人間の乱獲により絶滅の危機に陥っている。鳥の模型を置き安全な場所での巣作りを促すなど復活を目指し奮闘する人々の活動を紹介。「おわりに」にはルビつきで、復活作戦のその後が書かれているので読んでほしい。関連する新聞記事も紹介すると子どもの興味が深まった。　[絶滅危惧種]

幼 1 2 3 4 5 6 中　　　　　　　　**488 鳥類**

すばこ

キム・ファン 文　イ・スンウォン 絵　ほるぷ出版　2016

　　　世界中で巣箱がつくられるきっかけとなったエピソードを描く。様々な素材や形の巣箱も紹介されていて楽しい。巣箱が、人間による環境破壊から鳥を保護する活動につながることにも言及している。描かれている鳥の種には触れていないが、絵は特徴をしっかり捉えており、詳しい子なら、何の鳥かわかるだろう。　[環境保護]

幼 1 2 3 4 5 6 中　　　　　　　　**488 鳥類**

わたり鳥

鈴木まもる 作・絵　童心社　2017

　　　えさを求め子孫を増やそうと地球規模で渡る鳥たちを見事な構成の絵で描く。日本に渡る鳥から始まり世界各地の渡り鳥へと展開。大画面を群れで飛ぶ姿はスピード感と力強さがあふれ、いく先々でつくる鳥の巣のイラストから子への愛情が伝わってくる。巻末に44種の鳥の絵つき索引、うしろ見返しに渡りの世界地図がある。　[子育て]

オコジョのすむ谷（あかね創作えほん）

増田戻樹 写真・文　あかね書房　1981

　　1度だけ出会ったオコジョに再会したくて著者は上高地から徒歩5時間の山小屋に9年間通い、ついに春夏秋と初冬の撮影に成功する。岩場で捕ったえさをくわえた姿、冬毛への変化、大自然の中で生きる命の輝きが伝わる。臨場感がある文章と写真の構成も巧み。餌付け撮影が現在は野生動物に不適切なことも伝えたい。　　　　[動物の観察]

クルミの森のニホンリス（小学館の図鑑 NEO の科学絵本）

ゆうきえつこ 文　福田幸広 写真　小学館　2018

　　クルミを主食とするニホンリスの1年間を追う。リスとクルミの木のかかわりを軸に展開するため、物語性があり読者を引きつける。瞬間をうまく捉えた写真はどれも表情豊かで愛らしい。リスの埋め残したクルミがやがて芽を出し、森を育てるという終わりもよい。八ヶ岳山麓で6年にわたり撮影したものを再構成。　　　　[木の実]

もぐらはすごい

アヤ井アキコ 作　川田伸一郎 監修　アリス館　2018

　　モグラ塚を見ても、土の中で暮らすモグラを見ることはあまりない。暗闇で働く「アイマー器官」などその生態を愛らしい絵と文で紹介。実は人間と比べてもより大食いで、土を掘る腕の力が強いことがわかり、すごさを実感できる。本文は、お話仕立てだが科学的。巻末に監修者のモグラ博士による解説がある。　　　　[生態]

3年生

3年生

幼　1　2　│ 3　4 │　5　6　中　　　　　　　　**491 人体の基礎知識**

かさぶたくん（かがくのとも絵本）

やぎゅうげんいちろう 作　福音館書店　2000（1997）

「かさぶた」をなぜはがしてはいけないかを、たくさんの子を登場させ、体験をわいわい語りながら考える構成で説明する。皮膚がばい菌の侵入を防いでいること、それが破けた時の血の変化、かさぶたがばい菌を防ぎ皮膚が再生するまでを、大胆でわかりやすい絵と手書き風の文字を使い、科学的に解説するので理解しやすい。　[**体**] [**けが**]

幼　1　2　│ 3　4 │　5　6　中　　　　　　　　**491 人体の基礎知識**

くらやみでもへっちゃら（かがくだいすき）

桃井和馬 文　長野ヒデ子 絵　大日本図書　2000

家族で暗闇を体験する。真っ暗な中で飲食するといつもと味が違うし、匂いを嗅いだり、色々触ってみたりすると五感が鋭くなるようだ。夜祭や妖怪伝説、お月見などを例に、人間はどうやって暗闇とつきあってきたのかという文化面についても解説している。人間が本来もっている五感について考えさせられる。　　　　　　　　　　[**五感**]

幼　│ 1　2　3 │　4　5　6　中　　　　　　　　**491 人体の基礎知識**

ねむりのはなし（みつけようかがく）

ポール・シャワーズ 作　ウェンディ・ワトソン 絵
こうやまじゅん 訳　こうやまみえこ 訳　福音館書店　2008

始めに、眠るとはどういうことかを人と動物のまぶたの状態や寝姿の比較で説明し引きつける。成長とともに睡眠時間は変わること、身体も脳も休ませることができることなど、「ねむり」の役割を科学的に述べる。研究者が 3 日も寝ない実験はユーモラスだ。健康ですごすためには睡眠が必要だと楽しく理解できる。　　　[**体**] [**実験**]

幼 1 2 <u>3 4</u> 5 6 中　　　　　　　　　491 人体の基礎知識

はらぺこさん（かがくのとも絵本）

やぎゅうげんいちろう 作　福音館書店　2011（2000）

「はらぺこ」とはどういうこと？　どうして「はらぺこ」
になるの？　という子どもの素朴な疑問に、それは脳がつ
くりだす状態であることを、ユーモアあふれる絵や会話文
を用いてわかりやすく解説する。体のしくみだけでなく、
栄養学の視点からおやつの大切さにも触れ、子どもの興味
にこたえてくれる。　　　　　　　　　　　　　　[体]

幼 <u>1 2 3 4 5 6</u> 中　　　　　　　　　516 鉄道

地下鉄のできるまで（みるずかん・かんじるずかん）

加古里子 作　福音館書店　1987

地下鉄をとおす2種類の代表的な工法を紹介する。本
文では、大まかな工事方法と工夫、安全対策について述べ
る。巨大な機械を地下で組み立て、どのように掘削するか
を断面図で詳細に描き、細かな手順を補足して地面の下の
工事を可視化する。大勢の作業員が協力して完成すること
や高い技術力が理解できる。　　　　　　　　　[工事]

幼 1 2 <u>3 4</u> 5 6 中　　　　　　E / 538 航空工学．宇宙工学

もしも宇宙でくらしたら（知ることって、たのしい！）

山本省三 作　村川恭介 監修　WAVE 出版　2013

宇宙で暮らすとどうなる？　この疑問に、宇宙に住む小
学生男子の生活を楽しいイラストで紹介しながら答えてく
れる。登校や授業、宇宙ステーションのようすは想像だ
が、科学的な根拠に基づく専門的な解説が随所にあり、宇
宙を身近で親しみやすいものにしてくれる。未来への想像
がふくらみ、わくわくする本。　　　　　　　　[宇宙]

3年生

3年生

幼 1 | 2 3 4 | 5 6 中　　　　　　　　　　　　　　E / 540 電気

そらのうえのそうでんせん

鎌田歩 作　アリス館　2018

　送電線の保守点検作業を行う「ラインマン」の1日を描く。重さ10キロ近くの安全装備をつけ高所で危険な作業を行うようすはドキュメントを見るようだ。約50メートルの鉄塔全体を4ページに開く仕掛けで見せる工夫は迫力があり効果的。見返しに発電所から各地への経路図、鉄塔と身近な建物との高さ比べがあり楽しめる。　**[仕事]**

幼 1 2 | 3 4 5 | 6 中　　　　　　　　　　　　619 農産物製造・加工

干したから…（ふしぎびっくり写真えほん）

森枝卓士 写真・文　フレーベル館　2016

　食べものを干すという食文化は、日本だけのものではない。世界各地の干した食べものをたくさんの写真で紹介している本。なぜ、人は食べものを干すのだろうかという疑問にも答えてくれる。いつも食べているものが、干した物だったことに改めて気づかされる。おいしく食べようという人間の知恵に感心する。　　　　　**[保存食]**

幼 1 | 2 3 4 | 5 6 中　　　　　　　　　　　　　　628 園芸利用

干し柿（あかね・新えほんシリーズ）

西村豊 写真・文　あかね書房　2006

　干し柿のつくり方を説明し、子どもたちが実際に干し柿作りに挑戦している姿も紹介している。渋柿を甘くする、長持ちさせる工夫は、先人の知恵だということに気づかされる。柿がずらりと吊るされた美しい光景や、つくった干し柿を食べた子どものリアルな表情を見ると、伝統食である干し柿作りに挑戦したくなる。　　**[保存食]**

イヌ カウ コドモ

金森美智子 文　スギヤマカナヨ 絵　童話屋　2013

　犬を飼いはじめた子どもと家族に向けて、しつけインストラクターの著者が犬を飼うことの具体的な方法と心構えを伝える。語りかける文章と犬のつぶやきが入った漫画調のイラストがやさしく効果的。色味をおさえた絵はページごとに幼犬から老犬へ変化する犬の表情の豊かさを伝える。巻末の大人向けの助言は必読。　　　　　　　[ペット]

ミツバチだいすき　ぼくのおじさんはようほう家

藤原由美子 文　安井寿磨子 絵　福音館書店　2019

　養蜂家の仕事を甥っ子の目をとおして描く。男の子は早春から秋まで時々訪れ、赤ちゃんバチを見たり、花粉団子を食べたり、おじさんの仕事を手伝い楽しみながら仕事を理解していく。ミツバチは蜜だけではなく花粉も集めて植物の受粉を助けていることや、雄蜂の役割もわかる。養蜂家の著者の巻末解説がある。　　　　　　[仕事][養蜂]

3年生

飛行機しゅっぱつ！（ランドセルブックス）

鎌田歩 作　福音館書店　2018

　旅客機が飛び立つまでの様々な仕事を丁寧に描く。乗客が預けた荷物が仕分けられコンテナで運ばれるようすや、特殊な車両が飛行機の周りに集まり係員が分担、協力して仕事を進める姿を断面図やコマ割りを駆使して描いている。旅行で空港に来た男の子の目をとおして展開するので、詳細な解説も興味深く読める。　　　[空港][仕事]

「ファーブル昆虫記」読み比べ

「ファーブル昆虫記」は完訳版から低学年向けに抄訳したものまで多様な版がありどれを蔵書とするか悩ましい。例会では日本でも身近な昆虫であるセミを題材としている章をとりあげ、読み比べることにした。

　昆虫記の魅力は、ファーブルの昆虫に対する愛情や好奇心に触れ、彼が心躍らせながら実験をしているようすを読者が追体験できることにある。そこで、虫についての記述が正確かつ小学生に理解できる内容かどうかに加え、読みものとしての価値を重視して評価を行った。

　多彩なエピソードを省き昆虫そのものの解説に紙面を割いてしまうと「セミを知る本」としては十分だが、昆虫記のよさが失われてしまうのではないだろうか。今回紹介した『セミのうた・コオロギのうた』(47ページ)は、通読の楽しみがあること、挿絵は多くはないが理解する手助けとして適切であること、昆虫の本を好む低・中学年にアプローチできる語彙で書かれていることを評価した。5冊中*3冊は同著者にもかかわらず、文章も構成もそれぞれ異なっているのも発見だった。なお、高学年には読みごたえがあるが、挿絵、文ともに優れている集英社版をすすめたい。

（大森恵子）

> **＊比較資料**
> 『セミのうた・コオロギのうた』(新版ファーブルこんちゅう記)
> 　　小林清之介 文　横内襄 絵　小峰書店
> 『セミの歌のひみつ』(ジュニア版ファーブル昆虫記 3)
> 　　奥本大三郎 訳・解説　集英社
> 『せみの話』(幼年版・ファーブルこんちゅう記 2)
> 　　小林清之介 著　たかはしきよし 絵　あすなろ書房
> 『ファーブル先生の昆虫教室』
> 　　　奥本大三郎 文　やましたこうへい 絵　ポプラ社
> 『ファーブル昆虫記 せみ』(科学絵本ライブラリー)
> 　　小林清之介 文　金尾恵子 絵　ひさかたチャイルド

4年生

4年生

4年生の読書

　本好きの子と苦手意識をもつ子の差が広がりはじめる。ドキドキする筋立てや興味に合わせた本を活用して差を縮める。国語科では、テーマを決め、本で調べて報告文を書いたり、「知識読みもの」を読んで紹介文を書いたりする。このような授業では、特に理解しやすい本を使いたい。本リストも活かせる。調べ学習の本は4年生には難しいことが多く写すだけの子もいる。読書にはトレーニングが必要だ。感動が次の読む意欲を生みだす。驚きや発見がある本を紹介したい。

幼　1　2　**3　4**　5　6　中　　　　　　　　　159 人生 / 490 医学

いのちのおはなし
日野原重明 文　村上康成 絵　講談社　2007

　当時 95 歳の現役医師であった著者が、教室で 10 歳前後の児童に行ってきた命についての授業に楽しい絵をつけ再現した。著者は黒板に 100 歳までの数直線を引き、命は「きみたちのもっている時間」だと語る。児童は互いの心音を聴診器で聴きあい、そして考える。楽しく貴重な授業を疑似体験できる本である。　　　　[生き方]［授業］

幼　1　2　3　**4　5**　6　中　　　　　　　　　289 個人の伝記

ガンたちとともに　コンラート ローレンツ物語
イレーヌ・グリーンスタイン 作　樋口広芳 訳　福音館書店　2013

　幼い頃から生きもの好きだったローレンツは動物への思いを断ち切れず、医者を辞し動物行動学の科学者となる。たくさんの動物を飼い、中でも一緒の寝室で寝るほどガンとの絆は深く「刷りこみ」行動を発見した。観察のようすが具体的に描かれ、生きものへの愛情と観察の楽しさや1つのことをきわめる姿が伝わる伝記絵本。　　　　　[研究]

リーかあさまのはなし　ハンセン病の人たちと生きた草津のコンウォール・リー（ポプラ社の絵本）

中村茂 文　小林豊 絵　斎藤千代 構成　ポプラ社　2013

　大正初期、群馬県草津町にハンセン病患者の集落があった。伝染病患者として社会から疎外されていた彼らを救ったのは１人のイギリス人だった。ともに暮らし病人に寄りそい街を活気づけた彼女は、親しみをこめてリーかあさまと呼ばれた。彼女の生き方をとおして人として大切なことは何かを考えるきっかけとなる。[生き方][ハンセン病]

６この点　点字を発明したルイ・ブライユのおはなし

ジェン・ブライアント 文　ボリス・クリコフ 絵　日当陽子 訳　岩崎書店　2017

　５歳で失明したルイ・ブライユは、家族や周囲の助けでパリの盲学校に進学。そこで陸軍がつくった手で触れて読む暗号を知り、それを活かして読みやすい６個の点を組み合わせた点字を発明する。幼少期、父の仕事に影響を受け、人の役に立つ文字をつくるまでを温かいイラストとともに伝え、その生涯が浮かびあがる。　　　[点字][発明]

４年生

ワンガリの平和の木　アフリカでほんとうにあったおはなし

ジャネット・ウィンター 作　福本友美子 訳　ＢＬ出版　2010

　ノーベル平和賞受賞者のワンガリ・マータイ氏の植樹運動を描く。留学から帰ると故郷の緑は開発で消え、女性はたきぎ集めに疲れはてていた。女性の力を集め 20 数年で３千万本の植樹をした道のりを、短い文章とデザイン化された絵で伝える。類書『その手に１本の苗木を』（クレア・A・ニヴォラ　評論社）もおすすめ。　　[環境保護]

4年生

幼 1 2 3 **4 5 6** 中　　　　　290 地理. 地図. 紀行 / 448 地球. 天文地理学
ぼくらの地図旅行
那須正幹 文　西村繁男 絵　福音館書店　1989

少年 2 人が駅から 12 キロ先の灯台まで 1/25000 の地図と方位磁針を頼りに歩く。上空から見おろした景色とともに少年が見ている地図が掲載されており、両者を見比べられる。冒険の楽しさを味わいつつ地図の読み方を学べる稀有な本。社会科学習のタイミングで紹介したい。索引が絵探しになっている工夫もうれしい。　　　　　　[地図]

幼 1 2 **3 4 5 6** 中　　　　　　　　　　　　　　323 憲法
「けんぽう」のおはなし
井上ひさし 原案　武田美穂 絵　講談社　2011

著者が教室へ出向き、憲法について話すという設定で描かれている。戦争を経て憲法がつくられた経緯や憲法は国や政府が守らなければいけない決まりであり、国民の自由を守ってくれるものであることなどを小学生にもわかる言葉で語りかける。子どもの反応も入り、お話を一緒に聞いているような気持ちになる。　　　　　　[授業]

幼 1 2 3 **4 5 6** 中　　　　　333 経済政策. 国際経済 / 369 社会福祉
エンザロ村のかまど (たくさんのふしぎ傑作集)
さくまゆみこ 文　沢田としき 絵　福音館書店　2009 (2004)

ケニアのエンザロ村で村人の生活を改善した日本人女性の活動を描く。ガスも水道もない村で、安全な水を確保するために日本古来のかまどの技術を活かし、水をわかすと同時に調理もできるエンザロ・ジコのつくり方を広めた。身近な材料でつくる草履のつくり方も指導するなど国の実情に合わせた国際協力への努力が伝わる。　　　　[国際協力]

幼 1 2 3 | 4 5 6 | 中

マララのまほうのえんぴつ

マララ・ユスフザイ 作　キャラスクエット 絵　木坂涼 訳　ポプラ社　2017

2014 年、ノーベル平和賞を史上最年少で受賞したマララの自伝絵本。描けば本物になる魔法の鉛筆があれば、みんなが幸せで自由な生活ができるのにと思っていたマララ。自分の言葉と行動こそが魔法の鉛筆になるのだと気がつき、世界にパキスタンの現状を発信した。マララの勇気ある行動と考えが伝わってくる。　[ジェンダー]［識字］

幼 1 2 3 | 4 5 6 | 中

世界のともだち 27 キューバ　野球の国のエリオ

八木虎造 写真・文　偕成社　2015

キューバ中央部サンタクララの街に住む小学 4 年生の少年エリオ。明るく温かい家族や地域の人々に育まれ、国代表の野球選手になることを夢にのびのびと生きる。物を大切にし、工夫して楽しく暮らす人々の生活に幸せとは何かを考えさせられる。シリーズは多数あるが『ケニア』『ミャンマー』がおすすめ。　　　　[世界の暮らし]

4
年
生

幼 1 2 3 | 4 5 | 6 中

ぼくたちいそはまたんていだん

三輪一雄 作・絵　松岡芳英 写真　偕成社　2013

いとこ 2 人で祖父が考えた磯と浜の漂着物の謎解きゲームに挑む。「よせてはかえすめんの玉」を探すとラーメンのようなアメフラシの卵が見つかった。季節ごとに海辺を探索し見つけた漂着物は貝や骨、種など実に多様だ。その不思議な姿や海洋生物の生態を漫画風の絵と写真、会話調の文で詳しく紹介する。情報量は多い。　　[海の生物]

幼　1　2　 3　4 　5　6　中　　　　　　　　410 数学

1つぶのおこめ　さんすうのむかしばなし

デミ 作　さくまゆみこ 訳　光村教育図書　2009

　　インドの昔話。ある地方で飢饉が起きた時、王は蓄えていた米を人々に分けあたえなかった。ある日、王からほうびをもらうことになった村娘ラーニは賢い計画を立て、1粒のお米を望む。翌日には倍、翌々日には倍の倍……の約束で。驚くほどの勢いで増える米を観音開きの美しい絵で表現。読み聞かせると驚きの声があがる。　　**［算数］**

幼　1　2　3　 4　5　6 　中　　　　　　　　451 気象

こおり（たくさんのふしぎ傑作集）

前野紀一 文　斉藤俊行 絵　福音館書店　2012（2008）

　　水が氷になる時に何が起きているのか、色つきの氷がなぜできないのか。水分子の結びつきを子どもが手をつないでいる姿にたとえ、その理由を視覚的に説く。冷凍庫の氷などの身近な事例から、北極海に浮かぶ氷山が海流をつくっていることにまで話はダイナミックに展開する。読者は氷のもつ力に驚かされるだろう。　　**［物の性質］**

幼　1　 2　3　4 　5　6　中　　　　　　　E / 452 海．川

かわ（こどものとも絵本）

加古里子 作・絵　福音館書店　1966（1962）

　　山に降った雪や雨が川となり海にそそぐまでを、川にかかわる人々のようすとともに描く。遠足や川遊びで憩う人々の姿、用水が田や工場、家庭へと届く経路、水運や川の整備まで描きこまれている。絵を見る楽しさがいっぱいで、発達段階に応じて川と人との関係を理解することができる。本書は「くらしを支える水」（4年）の学習で使用した。まず数か所を拡大投影しながら簡単に紹介し、表紙の子どもが見ている地図は中に描かれた山から海まで

流れる川の周辺地図だと気づかせた。次に「川と旅をしよう」と廊下へ移動。子どもたちは、本書の折り本仕立て『かわ　絵巻じたて ひろがるえほん』（横長約7メートル）が広がっているのを見つけると歓声をあげた。そして、一列に並んでゆっくりと、水源から海までをたどり教室へもどった。次に、表紙の地図と裏表紙の地図記号を並べて印刷したワークシートを配布。子どもたちは青鉛筆で貯水池から海まで続く川をぬり、地図記号を参考に発電所や給水塔、浄水場などを囲む作業を行った。地図記号さがしは高度だが楽しいらしく熱心にとりくむ子が多かった。教科書以外の資料を適切に使うと、子どもの心が刺激される。なお、河川汚濁の記述が83刷から削除された。古い版は買い替えが必要。　　　　　　　　[社会のしくみ]　[地図]

幼　1　2　**3　4　5　6**　中　　　　　　　　　　　　470 植物

雑草のくらし　あき地の五年間

甲斐信枝 作　福音館書店　1985

　春、畑跡の空き地に芽吹く草たち。雨や虫に掘り返されても懸命に葉や根をのばす。秋、再びその種が地面に散らばると、綿毛で飛んできたものや、地下茎で増えたものとの競争が始まる。より強いものと入れかわる命の攻防はドラマチックで感動をもたらす。著者が5年間かけて定点観察した姿を繊細な絵で伝える。　　　　　　[定点観測]

幼　1　2　**3　4　5　6**　中　　　　　　　　　　　　479 被子植物

アマモの森はなぜ消えた？（そうえん社 写真のえほん）

山崎洋子 構成・文　海をつくる会 写真・監修　そうえん社　2008

　昔から海の恵みを受けてきた日本。豊かな海をとりもどすために海の植物「アマモ」を海中に植えて増やす大作戦が始まった。種を採取し苗床を育て、浅い海底に重りをつけて苗を植える。植物は酸素を出し、生きものを育む。汚染された海が蘇るようすを写真で伝え、私たちにもできることがあると気づかされる。　　　　　　[環境保護]

4年生

幼 1 2 ┃3 4 5 6┃中 479 被子植物

ヒガンバナのひみつ（かこさとし 大自然のふしぎえほん）
かこさとし 作 小峰書店 1999

ヒガンバナには、地方によって色々な呼び名がある。表・裏見返しに各地方の呼び名が地図とともに列挙されているのは圧巻だ。名前の由来は咲く時期や形状、咲く場所など様々で項目ごとに分けて紹介している。毒にも薬にもなることや遊び方や暮らしとのかかわりなどヒガンバナの秘密をたくさん知ることができる。[風俗習慣][呼び名]

幼 1 2 ┃3 4 5 6┃中 486 昆虫類

クワガタクワジ物語（偕成社文庫）
中島みち 著 偕成社 2002

著者の息子（本では太郎君）が小学校2年生から4年生にかけてクワガタを飼育した体験を、息子の日記や絵を挟みながら描いた作品。太郎君は2年生の夏に近くの森で一度に3匹のコクワガタを捕まえる。「クワイチ」「クワジ」「クワゾウ」と名づけて、いちばん長生きしたクワジが3年めに死ぬまで飼育を続ける。ほかの種類のクワガタやカブトムシを同時に飼って、その特性や個性に気づいたり、母子ともにクワガタに夢中になり昆虫館や博物館へ出向いたり、ついには珍種を求めて御蔵島を訪ねるなど、クワジの飼育を中心とした豊かな体験が描かれている。著者はこの間に乳がんで入院も経験した医療問題のノンフィクション作家で、飼育を通じて死の痛みや命のつながりまで見つめる息子の心を、作家と母という両面の観察眼で鋭くかつ温かくとらえ活写している。挿絵は、当時の夏休み絵日記を元に中学生になった息子が描いたもので親しみやすい。中学年に紹介すると、太郎君の体験を自分のことのように喜んで聞く。厚い本が苦手な子でも、やんちゃな太郎君の日々を楽しみながら夢中で読みとおす。再読する子も多い作品である。　　　　[飼育]

幼 1 2 3 **4 5 6** 中　　　　　　　　　　486 昆虫類

昆虫の体重測定（たくさんのふしぎ傑作集）

吉谷昭憲 文・絵　福音館書店　2018（2016）

　　テントウムシを料理用の秤にのせると目盛は0のまま
動かない。次に1万分の1グラムから量ることのできる
電子天秤を使ってみる。0.05グラムあった。カブトムシ
の幼虫は30グラムあるのにサナギは20グラム、成虫は
10グラムと軽くなっていく。様々な昆虫の重さを量って
いくうちに生態まで見えてくるのがおもしろい。　[研究]

幼 1 **2 3 4** 5 6 中　　　　　　　　　　486 昆虫類

セミたちの夏（小学館の図鑑NEOの科学絵本）

筒井学 写真と文　小学館　2012

　　街の中でも見られる身近なアブラゼミの一生を美しく迫
力のある写真とともに紹介。真夏に響く声はオスだけでメ
スへのプロポーズでもある。交尾や産卵、枝の上で孵化し
た真っ白な幼虫、羽化までの成長を鮮明に捉え、観察に6
年もの年月をかけた著者の熱意が伝わってくる。神秘的な
姿が印象的で鳴き声が待ち遠しくなる。　[動物の観察]

幼 1 2 **3 4** 5 6 中　　　　　　　　　　486 昆虫類

つちはんみょう OIL BEETLE

館野鴻 作・絵　偕成社　2016

　　ヒメツチハンミョウの1齢幼虫は、約4日の間、何も
食べずに様々な昆虫にとりついてヒメハナバチの巣にたど
りつく。一緒に来た仲間の幼虫も殺し、その巣の中で羽化
したヒメハナバチの幼虫も食べて成長する。著者の長年に
わたる観察の結果、驚くべき生存競争のようすを詳細に伝
えている。　　　　　　　　　　　　　　　　　[寄生]

4年生

4年生

カクレクマノミは大きいほうがお母さん（絵本・海の生きもの）

鈴木克美 作　石井聖岳 絵　あかね書房　2010

子どもの頃は雌雄同体であるカクレクマノミの不思議な成長と子育てのようすを描く。いちばん大きい個体がお母さんとなって卵を生みお父さんが卵の世話をすることや、住処とするイソギンチャクとの関係も研究途上で興味をそそる。やわらかなタッチの絵で物語風に書かれているため親しみやすく文章も読みやすい。　　　　　　　　［子育て］

ニワシドリのひみつ　庭師鳥は芸術家（ちしきのぽけっと）

鈴木まもる 文・絵　岩崎書店　2014

色々なニワシドリのあずまやを紹介しながら、なぜニワシドリがあずまやをつくるのか、ほかの鳥の習性を例にしながら解明していく。長年、鳥の観察を続けている著者の絵は秀逸。著者と一緒に写ったうしろ見返しのあずまやの写真は大きさがよくわかり、イメージをつかむことができる。　　　　　　　　［求愛行動］

本と体験

鈴木まもる氏の講演会で、トランクから次々に鳥の巣が出てきて驚いた。「鳥の巣は、家ではなく、母親の子宮に似ている」という解説は深く心に残っている。それからは双眼鏡とカメラ持参で各地の野鳥を訪ねる楽しみを得た。鳥はえさのないところには来ない。メスの気をひくのは子孫を残すためだ。警戒心が強く、天敵から逃れるための様々な工夫をしている。野鳥観察をすると、本に書いてあることが実感できる。細密な絵で描かれていた鳥を見つけると宝を探しあてた気持ちになる。本と体験がつながると、どちらももっと楽しくなる。

カバのこども（サバンナを生きる）

ガブリエラ・シュテープラー 写真・文　たかはしふみこ 訳　徳間書店　2017

　　　　アフリカのサバンナで生きる野生動物の生態を、美しく広がる自然を背景に捉えたシリーズの 1 冊。著者は野生動物写真家で彼らの世界に身を置き時間をかけて撮影。見開きページの約 4 分の 3 を占める写真は、時に子にそそぐ細やかな愛情を、時に荒々しい命のやりとりの表情や動きを見事に捉えている。たとえば、オス同士の縄張り争いで大きく口を開けて互いをねらう表情には恐怖さえ感じる

が、オスとメスの触れあいではやさしいまなざしまで読みとれる。シリーズはほかに『ゾウ』『ライオン』『キリン』『シマウマ』がある。ここでは類書の少ない『カバ』を紹介したが、どれもすすめられる。文章は活字が小さく量があるがルビが多く平易だ。生態や状況が丁寧に描写され、驚きやドキドキ感があり引きこまれる。たとえば、シマウマの出産場面ではリーダーのオスが見守るなか、生み落とされた赤ん坊が足をばたつかせ羊膜を破る。母親がやさしくいななきながら全身をなめて匂いを覚え、ほかの子と区別できるようになるという。これらの説明が物語のように語られている。ほかの動物とのかかわりも興味深い。巻末解説は先祖や生息数、体の特徴などの豊富な情報を項目別にまとめ、高学年の調べ学習にも対応できる。　　　　[子育て]

4年生

キタキツネのおとうさん（たくさんのふしぎ傑作集）

竹田津実 文　あべ弘士 絵　福音館書店　2013（2009）

　　　　50 年近くキタキツネの生態調査を続けた著者が、オスとメスの出会いから子育て、子の独立までの 1 年間を生態や習性も交え時系列で描く。発情期が尿でわかること、出産と子育て中は巣穴に入れないオスの役割、厳しい子別れなど観察記録に基づく具体的な文章は、あべ氏の挿絵と調和して物語を読んでいるようだ。　　　　[子育て]

4年生

ゴリラが胸をたたくわけ（たくさんのふしぎ傑作集）

山極寿一 文　阿部知暁 絵　福音館書店　2015（2012）

　ゴリラが胸をたたくドラミングは戦いの宣言であるといわれてきたが、むしろ離れた場所から気持ちを伝えることで争いを避けているのだとわかってきた。現地で長年ゴリラの研究をしてきた著者が、その友好的な姿勢や暮らしぶりをわかりやすく伝える。子どもたちの遊びのルールも興味深い。　　　　　　　　　　　　　　　　［コミュニケーション］

ゾウ

ジェニ・デズモンド 作　福本由紀子 訳
ＢＬ出版　2019

　昔から人とのかかわりが深いゾウの知られざる生態や暮らしを描く。10キロも離れた場所の振動を感じる足の裏や感情を表す耳、挨拶する鼻など体の部位の意外な役割がおもしろい。大きさや重さも具体物と比較して示し、子どもにも実感がもてる。絶滅の危機に瀕するゾウが生態系の中で重要な役割をもっていることを伝える。　　［生態系］

ノラネコの研究（たくさんのふしぎ傑作集）

伊澤雅子 文　平出衛 絵　福音館書店　1994（1991）

　ノラネコを尾行して1日の生活を追う。ネコを見失わないよう追いかけるようすは臨場感があり、普段見られない部分をのぞき見する楽しさもある。コマ送りで描かれる仕草や表情は生き生きとしていて魅力的。必要な道具や観察のコツなどもあり、すぐにでもネコの尾行にいきたくなる。著者はネコ科動物の研究者。　　　　　［動物の観察］

パンダの手には、かくされたひみつがあった！（動物ふしぎ発見）

山本省三 文　喜多村武 絵　遠藤秀紀 監修　くもん出版　2007

ヒトや霊長類と比べ親指が未発達のパンダがなぜ物を握ることができるのか。70年もの間信じられていた定説に疑問をもち、新しく7本目の指を発見するまでを描く。パンダの手を解剖し謎を解き明かしていく場面は、研究の醍醐味をたっぷり味わえる。物を握るしくみを読者自らが手を動かし確かめられるのもよい。　　　　　　　　[研究]

ヤマネさん　お山にかえるまで

西村豊 写真・文　アリス館　2011

夏、著者は役所の依頼で八ヶ岳の別荘にいた生後10日のニホンヤマネを保護する。たった5.3グラムのヤマネを、えさや巣を工夫して育て冬眠前に森へもどすまでを撮影し記録。アップの写真はヤマネの仕草や生態を生き生きと伝える。冬眠中の死を減らす地道な保護活動にも触れ、人と野生動物の共生への努力がわかる。

[環境保護] [飼育]

あいうべ体操で息育 なるほど呼吸学

今井一彰 著　少年写真新聞社　2017

人が生きていくために大切な役割をもつ呼吸。人は休みなく呼吸をするが、まちがった方法ですると様々な病気のもとになる。医師である著者は多くの実験データも交えて、なぜ正しい呼吸が必要なのかをわかりやすく伝える。また、病気を予防する呼吸法や、そのための筋肉を鍛える簡単な体操も教えてくれる。　　　　　　　　[健康]

4年生

幼 1 2 3 **4 5 6** 中　　　　　　　498 衛生．健康法

わたしの病院、犬がくるの（いのちのえほん）

大塚敦子 写真・文　細谷亮太 監修　岩崎書店　2009

聖路加国際病院では白血病で入院中の子どもをチーム医療で支えている。獣医師によるセラピー犬訪問を子どもたちは待ちわび、犬の体に顔をうずめ、その温かさで笑顔になる。ベッドや院内学級で学びプレイルームでは友だちや保育士と遊ぶ。闘病の辛さとその中でも楽しみを見つける姿を白黒写真が真摯に写しだす。　　　　　　［働く犬］

幼 1 2 **3 4 5** 6 中　　　　　　　519 環境問題

ポリぶくろ、1まい、すてた

ミランダ・ポール 文　エリザベス・ズーノン 絵　藤田千枝 訳
さ・え・ら書房　2019

西アフリカに住む女性アイサトは、子どもの頃から使われはじめたポリ袋が徐々に大量のごみとなり、家畜や人の命を脅かすことに危機感を抱く。安全で美しい村にもどすべく、仲間とともにまず袋を拾い洗うことから開始。紐状にしたポリ袋から小物をつくるリサイクル活動は広まり村は変わる。ポリ袋の貼り絵が効果的。　　　　［ゴミ］

幼 1 2 **3 4** 5 6 中　　　　　　　540 電気

でんとうがつくまで（かがくのとも絵本）

加古里子 文・絵　福音館書店　2018（1970）

水力と火力発電のしくみと家のスイッチまでの送電経路をすっきりした絵で描く。水力発電所では、貯水池の水が「みずぐるま」と一体化した磁石を回して電気を起こす。それをポットの水やU字型磁石など身近なもので表した絵で平易に解説する。自然エネルギーや原子力で磁石を回す発電にも触れている。　　　**［社会のしくみ］**［発電］

幼　1　2　[3　4　5]　6　中　　　　　　　　　　**586 繊維**

ふくはなにからできてるの？　せんいのはなし
佐藤哲也 文　網中いづる 絵　福音館書店　2016

　　服の布は糸から、糸は数本の繊維でつくられるという基本から説明する。羊毛や絹、綿の材料と製法、さらに繊維を拡大した絵で各々の特徴が理解できる。気候に合わせて世界で自然素材から繊維をつくってきたことや化学繊維の発明、新繊維の研究にも言及。服のタグに注目させ、楽しい絵で繊維に関心をもたせる。　　　　　[物の性質]

幼　1　2　[3　4　5]　6　中　　　　　　　　　　**588 食品工業**

かき氷　天然氷をつくる（ちしきのぽけっと）
細島雅代 写真　伊地知英信 文　岩崎書店　2015

　　埼玉県長瀞の阿佐美冷蔵は昔ながらの方法で天然氷をつくっている。常に天候をうかがい、手間をかけてできあがった氷はかたく透明で美しい。のこぎりを引く時の真剣なまなざしや一番氷を手にしてほころんだ笑顔など、写真からは伝統的な仕事を守り継ぐ一家への尊敬と愛情の念が感じられる。10 年に及ぶ取材の再構成。　　　　[仕事]

4年生

幼　1　2　3　[4　5]　6　中　　　　　　　　　　**616 穀物．豆．いも**

ごたっ子の田んぼ
西村豊 著　アリス館　2014

　　八ケ岳山麓の小学校で、モチ米作りや冬のスケートなど1 年を通じて田んぼで楽しく活動するようすを取材。種まきから稲刈りまで作業ごとに写真と説明が入り、米作りの流れもよくわかる。著者は 15 年間もこの地に通い、子どもたちの生き生きとした表情をよく捉えている。温かく見守る先生と親の姿も伝わる。　　　　[稲作]　[授業]

4年生

幼 1 2 3 **4 5** 6 中 　　　　　　　　　　　　**626 野菜**

大根はエライ（たくさんのふしぎ傑作集）

久住昌之 文・絵　福音館書店　2018（2003）

　　ダイコンは生でも煮ても漬物でも美味。また皮も葉も捨てるところなしの野菜。栄養たっぷりで殺菌効果もあり料理以外にも多様に利用されてきた。ダイコンを擬人化してこれらの特長や伝来の歴史、日本人になじんだダイコンにまつわる文化や言葉の由来などをユニークに伝える。改めて「大根はエライ」と感じる本。　　　[**食文化**] [料理]

幼 1 2 3 **4 5 6** 中 　　　　　　**727 グラフィックデザイン. 図案**

絵くんとことばくん（たくさんのふしぎ傑作集）

天野祐吉 作　大槻あかね 絵　福音館書店　2006（2000）

　　小学校4年生の僕がおこづかいをアップしてもらうためにポスターを書き、言葉と絵でどうやって表現したら、お母さんの心を動かすことができるかを考える。自分の考えを他人にわかりやすく伝えるにはどうすればいいかということを、身近なテーマで楽しみつつ読みすすめられ、表現方法を学ぶことができる。　　　[**コミュニケーション**]

幼 1 2 **3 4 5 6** 中 　　　　　　　　　　　　**916 記録**

盲導犬不合格物語（講談社 青い鳥文庫）

沢田俊子 文　佐藤やゑ子 絵　講談社　2013

　　厳しい訓練を受けても盲導犬になれる犬は3〜4割。試験に不合格になった犬はキャリアチェンジして別の道を歩む。適性を活かし、セラピー犬や介助犬として生きる犬の様々なエピソードから、自分らしく生きることの大切さを伝える。2004年刊行の同著者の原本に加筆、データも修正し、イラストも新たに文庫になった。　　　[**介助犬**]

4
年
生

富山和子「自然と人間」シリーズ

十数年間、高学年対象に「環境」のブックトークを継続してきた。

学習のめあてや児童の実態で本を選んだが本シリーズは必ず入れた。『川は生きている』（1978）（110ページ）に始まり、『道は生きている』（1980）（112ページ）『森は生きている』（1981）（89ページ）、『お米は生きている』（1995）（112ページ）、『海は生きている』（2009）（112ページ）と31年にわたり5冊が上梓された。富山氏には『日本の米』『水と緑と土』（共に中公新書）の名著もあり、豊富な知識と並々ならぬ思いがつまっている。大きな視点で環境や歴史を捉えることができ、現代の課題に気づき未来を考えられる内容だ。

どの本もエピソードが豊富で平易な文章だ。水が循環して命や暮らしを支えていることや綿々と守られてきた水田と土の重要性が理解できる。紹介時は学年に適した実例をクイズにすると、関心が高まる。手にとりやすい青い鳥文庫版ではイラストが変わり、さらに読みやすくなった。改訂時には図版がきちんと差しかえられている。

4年生には『川は生きている』が読みやすい。社会科の「くらしをささえる水」の学習にも役立つ。高学年には『森は生きている』や『お米は生きている』をすすめたい。「稲」の発展学習にも適している。6年男子は「お米がいろいろな役に立っている……弟にあれこれ話してしまった。その日のごはんは特別おいしかった」と感想を寄せた。『道は生きている』は歴史を学んだ6年生が理解しやすい。『海は生きている』は総まとめとなる内容である。

紹介文は1冊に絞り5年生に『森は生きている』を入れた。ほかの4冊も4〜6年生でチャンスをつくって紹介してほしい。

（福岡淳子）

「自然スケッチ絵本館」シリーズ

「自然スケッチ絵本館」（キャスリン・シル 文　ジョン・シル 絵　玉川大学出版部）のシリーズは、『は虫類のこと』『軟体動物のこと』のようなテーマを無駄のない言葉で簡潔に定義し解説している。動物にかぎらず『草原のこと』『山のこと』といっためずらしいテーマもとりあげている稀有なシリーズである。記述に合わせた絵は見やすく内容の理解を助けてくれる。巻末には、本文を補うやや詳しい情報も書きこまれているが、子どもたちに読んでもらうためには手渡す時に工夫が必要だろう。

　類書がない例として、『砂漠のこと』を紹介したい。砂漠とそこに暮らす生きものの工夫を簡潔に伝えている。最初に砂漠とはどういうところかを短く平易な言葉で定義している。続けてそこに生きる植物や動物をとりあげ、暮らし方や水分確保の工夫などを記述している。砂漠と聞くと、熱い砂丘のようなところをイメージする子が多いと思うが、見開きの絵によって、寒いところや岩がゴロゴロしているところもあることが、ひと目でわかる。

　残念だが、このシリーズは、現在品切れ中である。知識読みものの品切れの速さに落胆することがある。科学の進歩や社会の変化に合わせた改訂をしていただきながら版を重ねてほしい。そのためにも学校図書館を含む図書館全体で良書の買い支えが必要である。

（金澤磨樹子）

5年生

5年生

幼　1　2　3　| 4　5　6 |　中　　　　　　　　　167 イスラム

絵本で学ぶイスラームの暮らし

松原直美 文　佐竹美保 絵　あすなろ書房　2015

　ドバイに住む10歳の少年アフマドが主人公になり、イスラームという宗教の教えと生活を紹介する。彼の暮らしをとおしてお祈りのしかたやラマダーン、犠牲祭などが具体的に理解できる。また、母が弟にする神さまの話、姉が話す髪を隠すわけなど、日頃なじみのないイスラームの考え方も知ることができる。　　　　　[世界の暮らし]

幼　1　2　3　| 4　5　6 |　中　　　　　　　　　242 エジプト史

エジプトのミイラ

アリキ 文と絵　神鳥統夫 訳　佐倉朔 監修　あすなろ書房　2000

　古代エジプト人がミイラをつくった理由と製法、埋葬までを解説。死後も魂は生き続けるという死生観をふまえて書かれた文章からは死者への畏敬の念が伝わってくる。遺跡で発見された絵画や彫刻に基づき描かれているイラストは当時の雰囲気を伝え読者の興味を誘う。エジプトの神々や副葬品についても詳しい。　　　　　[死生観]

5年生

海辺の宝もの

ヘレン・ブッシュ 著　鳥見真生 訳　佐竹美保 画　あすなろ書房　2012

　　　　恐竜の化石も未発見の時代に、学問上重要な化石を発掘したメアリー・アニングの子ども時代を描く。父から探し方を学んだ化石を変わり石と呼び、父を亡くしても身分や女性差別に負けずに大好きな化石探しを続けた。科学者との出会いで知識を得て、12歳で新種の化石を発見。物語を読むように引きこまれる。　　　　　　　　　　　　　[化石]

発明家になった女の子マッティ

エミリー・アーノルド・マッカリー 作　宮坂宏美 訳　光村教育図書　2017

　　　　19世紀末の米国で活躍した発明家、マーガレット・E・ナイトの伝記絵本。少女時代から工具を使い、ひらめきを夢中で形にした。12歳から働いた織物工場では機械を改良する案を出して事故を減らし、平底の紙袋をつくる画期的な機械も完成。女性蔑視に耐えて努力する姿、当時の図面や風俗が細かなペン画でよくわかる。

[ジェンダー] [発明]

ぼくは発明家　アレクサンダー・グラハム・ベル

メアリー・アン・フレイザー 作　おびかゆうこ 訳　廣済堂あかつき　2017

　　　　電話の生みの親であるグラハム・ベルの伝記絵本。難聴の母にはっきりした音を届けたいと試みた幼少時の体験が世界的な発明を生みだした。身近にある困難をなんとかしたいという思いをもち続け実践していくベルの姿は胸を打つ。絵の中に写真をとりこんだコラージュの技法は当時の雰囲気をうまく伝えている。　　　　　　　　[電話]

5年生

5年生

幼 1 2 3 **4 5 6** 中 　　　　　　　289 個人の伝記

読む喜びをすべての人に　日本点字図書館を創った本間一夫
（感動ノンフィクションシリーズ）
金治直美 文　佼成出版社　2019

1915 年生まれの一夫は 5 歳で病気のため失明、大好きな本も読んでもらうしかなかった。13 歳で入った盲学校で点字と出合い学校の小説を読破していく。今後の道を模索する中で、視覚障がい者の著作で英国の点字図書館を知る。創設決意後の努力と様々な困難、周囲の協力、豊富な逸話と写真で生涯が描かれる。　　　　［点字図書館］

幼 1 2 3 **4 5** 6 中 　　　　　　319 外交．戦争と平和

地雷のない世界へ　はたらく地雷探知犬
大塚敦子 写真・文　講談社　2009

カンボジアで活動する地雷探知犬の活躍と訓練センターでのようすを豊富な写真とともに紹介している。地雷の恐ろしさと悲惨さを知るとともに、撤去する大変さを痛感する。犬と人間が信じあっているパートナーだから、危険な地雷原に出ていくことができる。同著者の『はたらく地雷探知犬』（96 ページ）も読んでほしい。　　　　［働く犬］

幼 1 2 3 4 **5 6** 中 　　　　　　319 外交．戦争と平和

わすれないで　第五福竜丸ものがたり（絵本のおくりもの）
赤坂三好 文・絵　金の星社　1989

1954 年 3 月 1 日マグロ漁船の第五福竜丸はマーシャル諸島近海で米国水爆実験による死の灰をあびる。造船、漁での活躍、被爆直後の乗組員の混乱と恐怖、必死の帰国、その後が船の視点で綴られる。力強い版画が史実とともに、人々の喜びと悲しみを見事に表現している。巻末に都立展示館へ保存される経緯を補足。　　　　**［原子爆弾］**

5年生

幼 1 2 3 4 **5 6** 中　　　　　　　**369 社会福祉／612 農業史・事情**

あきらめないことにしたの

堀米薫 作　新日本出版社　2015

　　町村合併をせずスローライフを目指す福島県飯舘村で、渡邊とみ子さんはオリジナルの農作物を育てる研究会会長をしていた。しかし、原発事故で今までの生活が奪われる。避難先で苦悩するが、よりよい種を残し地域の食文化を伝える活動を仲間と再開する。あきらめない覚悟と自分の力で生きようとする姿が伝わる。　　　　　**[災害復興]**

幼 1 2 3 4 **5 6** 中　　　　　　　　　　**369 社会福祉**

髪がつなぐ物語（文研じゅべにーる ノンフィクション）

別司芳子 著　文研出版　2017

　　病気や抗がん剤治療で髪が抜けた子のためにウィッグをつくる、ヘアドネーションを始めた美容師の渡辺貴一さんの活動を紹介する。様々な実話からウィッグを受けとる子どもの気持ちと髪を提供しようと思う子どもの気持ちとが伝わってくる。心の中に潜んでいる偏見や差別についても気づかされる本でもある。　　**[人権][ボランティア]**

幼 1 2 3 **4 5 6** 中　　　　　　　**369 社会福祉／440 天文．宇宙**

星空を届けたい　出張プラネタリウム、はじめました！

髙橋真理子 文　早川世詩男 絵　ほるぷ出版　2018

　　高校生の時にオーロラに憧れた著者は科学館でプラネタリウムの番組制作に携わる。入院中の子どもたちにも星空を見てもらいたいという思いから出張プラネタリウムを考案、実践する。著者の半生をたどる中で、みんなにとって幸せな社会とは何か、またそのためにはどう行動していくべきか考えさせられる。　　　　**[プラネタリウム]**

5年生

幼 1 2 3 4 ⬚5 6⬚ 中　　　　　370 教育．学校生活 / 916 記録

ぼくらが作った「いじめ」の映画　「いじめ」を演じて知った本当の友情（感動ノンフィクションシリーズ）

今関信子 文　佼成出版社　2007

公立小学校の映画クラブでいじめをテーマにした作品を制作し上映した実践を丁寧に取材。教員は支援に徹し6年生中心の児童が脚本作りから演出、演技、撮影まで担当し真剣に話しあう。いじめ役といじめられ役を親友同士が演じ、部員はその残酷さを肌で感じ考えを深めていく。この本はドキドキしながら読む子が多い。　　［クラブ活動］

幼 1 2 3 4 ⬚5 6⬚ 中　　　　　370 教育．学校生活 / 519 環境問題

みみずのカーロ　シェーファー先生の自然の学校

今泉みね子 著　中村鈴子 画　合同出版　1999

ドイツの自然豊かな町メルティンゲンで埋立地造成計画がもちあがる。阻止したいと方策を考える子どもたちにシェーファー先生はユニークな授業で助言を行う。ミミズを飼育することによる気づきが行動へつながり社会を変えていく流れは見事。読後、自分も何かできるのではないだろうかと思わせる力がある本。　　　　［ゴミ］［授業］

幼 1 2 3 ⬚4 5 6⬚ 中　　　　　380 風俗．習慣．民族

アイヌ ネノアン アイヌ（たくさんのふしぎ傑作集）

萱野茂 文　飯島俊一 絵　福音館書店　1992（1989）

幼少期からアイヌの昔話や子守歌を聞いて育った著者が衣食住や訓え、和人（日本民族）とのかかわりや歴史などを子ども時代の思い出をもとに語る。挿入された昔話からはアイヌの自然や神に対する考え方が伝わる。タイトルは「人らしい人になれ」という意味で「アイヌ」という言葉にこめられた大切な思いを知る。　　　　　［伝承］

海のうえに暮らす（地球ものがたり）

関野吉晴 著　ほるぷ出版　2013

　　インドネシア南東部の海上に国籍をもたないバジョという漂海民がいる。1 艘の家船で暮らす家族を取材し、自然の恵みをいただきながら人と争わずつながりを大切にするその生き方を伝える。同じシリーズの『極北の大地に住む』は厳しい環境に暮らす知恵や工夫が描かれ、豊かさや幸せとは何かを私たちに問う。　　　　　[世界の暮らし]

300 年まえから伝わるとびきりおいしいデザート

エミリー・ジェンキンス 文　ソフィー・ブラッコール 絵　横山和江 訳
あすなろ書房　2016

　　家庭でつくられてきた西欧最古の冷たいデザートをめぐる 4 つの物語。18 世紀初頭から 100 年ごとに描かれたつくり方や食卓を囲む家族のようすは、調理道具や流通の変遷だけでなく家族や社会の変化まで見事に映しだしている。米国では「奴隷の母子が微笑みながら実を摘む場面」に批判が出てその点を著者が謝罪した。　[菓子][歴史]

『ぼくらが作った「いじめ」の映画』──実践から

　毎年 5 年生の課題図書にしている。題名から手にとる児童も多く紹介すると予約待ちになることもあり、高学年には関心の高いテーマといえる。物語ではなく実体験だからこそ児童の興味を誘うのだろう。返却する際に「先が知りたくてドキドキした。映画だとわかっているのにいじめはこわいと思った。でも、みんなで最後まで完成させられてすごい。おもしろかった」と感想を述べた児童がいた。普段は物語を好みノンフィクションに手がのびづらい子なのだが、課題図書に入れたことでノンフィクションのよさにも気づいてもらえた 1 冊である。

5 年生

5年生

410 数学

たのしいローマ数字

デビッド・A・アドラー 文　エドワード・ミラー 絵　千葉茂樹 訳
光村教育図書　2017

　一般的に使われるアラビア数字と対比しながら「Ⅰ、Ⅴ、Ⅹ」などローマ数字の表し方を説明する。順に出される問題を解くうちに、いつの間にかローマ数字のしくみが理解できる巧みな構成だ。コインを使った説明も身近でわかりやすい。鮮やかな色でデザイン化されたイラストはローマ時代の雰囲気も伝える。　　　　　　　　　　[算数]

446 月

月の力のひみつ　魔女が教えるムーン パワー
（もっとたのしく夜空の話）

関口シュン 絵・文　子どもの未来社　2014

　9歳のヨウスケと11歳のサツキが、母と祖母と海岸へ遊びにいき、祖母から潮の満ち引きについて教えてもらう。お話仕立てで話が進み親しみやすい。理解が難しい「月の引力」は漫画のコマ割りや図や絵を活かしわかりやすく説明する。植物の成長や人間の体にも「月の力」が影響していることも教えてくれる。　　　[干潮・満潮]

452 海. 川

海

加古里子 文・絵　福音館書店　1969

　干潟から始まり内海、陸棚、海溝を経て大洋まで海を断面で表し、地形、海流、生物、海洋資源などを細かに描く。さらに海洋研究や探検の歴史にも触れながら極地までも紹介していく。人との関係を含め海の全体像を捉えようとした労作。本文はひらがなで、構成が工夫され読者対象は広い。巻末に索引と各場面の解説がある。　　[地球]

幼 1 2 3 | 4 5 6 | 中

津波ものがたり 改訂新版

山下文男 著　箕田源二郎 画　宮下森 画　童心社　2011

　津波の記録や体験者の物語に科学的解説を加え、そのこわさと防災の大切さをリアルに伝える。経験と知識を同時に知ることができ、科学的な話だけでは難しい子どもにも読みやすい。小3で津波を体験した著者の、死者をなくしたいという強い願いが伝わってくる。改訂新版は1990年以降の津波を伴う地震について加筆された。　　[防災]

幼 1 2 3 4 | 5 6 | 中

モグラはかせの地震たんけん

松岡達英 作・絵　松村由美子 構成　溝上恵 監修　ポプラ社　2006

　地震で穴に落ちた少年がたどりついたのは「モグラはかせ研究所」。博士に案内され、地震がなぜ起きるのかを教えてもらう。プレートのしくみなど難しく感じる内容もユーモアのあるイラストで漫画仕立ての構成は親しみやすく読める。地震は地球が生きている証で、美しい地形をつくっているという視点がよい。　　[地球]

幼 1 2 3 4 | 5 6 中

せいめいのれきし 改訂版　地球上にせいめいがうまれたときからいままでのおはなし

バージニア・リー・バートン文・絵　いしいももこ 訳
まなべまこと 監修　岩波書店　2015

　銀河の中に地球という星が誕生し、そこに生まれた生物がどのように進化して現在に至るかを時系列で描く。時代の大きな流れをナレーターが案内する劇仕立ての構成は、まるで映画を見るよう。46億年前の生命が現在の私たちまでつながっており、さらに未来につながっていくことを美しい絵と文で伝える。　　[進化] [地球の歴史]

5年生

5年生

幼　1　2　3　**4　5　6**　中　　　　　　　　　　**467 遺伝.　進化**

ながいながい骨の旅

松田素子 文　川上和生 絵　桜木晃彦 監修　群馬県立自然史博物館 監修
講談社　2017

　　地球に生物が誕生し進化してきたようすを骨に着目して
たどる。カルシウムを貯蔵し血液をつくり体を支える骨の
役割はいつ、なぜ始まったかを生息場所の環境や暮らしぶ
りに合わせて説明する。ヒトの胎児の成長が地球上の生物
の進化と同じ道をたどることから、単細胞生物からヒトに
続く進化の道筋が浮かびあがる。　　　　　　　　　[進化]

幼　1　2　3　**4　5　6　中**　　　　　　　　　　**468 生態学**

生物の消えた島

田川日出夫 文　松岡達英 絵　福音館書店　1987

　　1883 年インドネシアのクラカタウ島は大噴火で半分が
吹き飛ばされた。動植物は死に絶えるが 3 年後に緑が芽
吹く。100 年にわたる生物調査が解き明かす複雑な生態系
の変化を丹念に描いた美しい絵本。ユーモラスな挿絵も添
えて生きものがどこから来てどのように関係しあい定着し
ていったかをわかりやすい文章で伝える。　　　　[生態系]

幼　1　2　3　4　**5　6**　中　　　　　　　　**482 動物地理.　動物誌**

動物がすき！　イリオモテヤマネコをとおしてみえたこと

安間繁樹 文　岡本泰子 絵　福音館書店　2017

　　小さいころから生きものへの興味をもち続けた著者は、
西表島の自然の虜となり移住してイリオモテヤマネコの研
究を始める。警戒心の強い野生動物を工夫して粘り強く観
察・記録し、その特徴や分布から日本固有種についても考
察する。研究をとおして、人と野生動物がなかよく暮ら
す、共生のあり方を問いかける。　　　　　　　　[研究]

アリに知恵はあるか？　わたしの研究
（わたしのノンフィクション）

石井象二郎 文　つだかつみ 絵　偕成社　1991

全国に分布するトビイロシワアリに知恵があるかをサルスベリの木で実験観察して考察を述べる。自宅の庭に身近なもので装置を手作りし、通路をのりや水で塞いだり、キャラメルを置いたりする実験が楽しい。疑問を科学的に証明するための方法がわかる。漫画風イラストや白黒写真を多用し読者の理解を助けてくれる。　　　　　　　[研究]

カモのきょうだい クリとゴマ

なかがわちひろ 作・絵　中村玄とその家族 写真　アリス館　2011

生きもの好きの息子が大雨で流されたカルガモの卵を見つけて拾う。自宅で孵化させた 2 羽が遊水池にもどるまでの成長と家族との暮らしの記録。卵の内側をつつく音や声、糞の種類による匂いの違いなど観察は鋭く多くの写真やユーモラスな挿絵で楽しめる。成長を見守る喜びと不安、野生動物飼育の難しさも伝わる。　　　　　　[飼育]

カワセミ　青い鳥見つけた（日本の野鳥）

嶋田忠 文・写真　新日本出版社　2008

水辺の「青い宝石」とたとえられる鳥、カワセミ。誰も撮ったことのない水中シーンなど迫力ある写真で伝える。水の抵抗を減らすため一直線にのびた姿や、魚をくわえた瞬間の姿は生き生きとして美しい。この鳥に魅せられて写真家になった著者が、時間と愛情をかけて観察したことがわかる。巻末にカワセミの解説がある。　[動物の観察]

5年生

幼 1 2 3 | 4 5 6 | 中　　　　　　　　　　**488 鳥類**

スズメのくらし（たくさんのふしぎ傑作集）

平野伸明 文・写真　福音館書店　2019（2013）

　身近な鳥、スズメ。実は警戒心が強くなかなか人は近づけない。自然界で多くの生きもののえさとなるスズメは生き残るために群れで暮らし、年に何度も子育てをして仲間を増やす。天敵から身を守るために人工物の隙間に巣をつくる。人との距離を上手にとりながら工夫して暮らすその生態を豊富な写真とともに伝える。　　　　　　**［子育て］**

幼 1 2 3 | 4 5 | 6 中　　　　　　　　　　**489 哺乳類**

エゾシカ（北国からの動物記）

竹田津実 文・写真　アリス館　2010

　獣医師である著書は、ある決まった時期になると同じ場所で野生のシカが事故にあうことに気づく。そのことから、冬の間、森の奥にいると考えていた集団が移動することを知る。200キロを超える旅を追う中、間近で見た結婚、子ジカの成長、ツノの生え変わりなど、四季のようすを美しい写真と温かい文で伝える。　　**［動物の観察］**

幼 1 2 3 | 4 5 6 | 中　　　　　　　　　　**489 哺乳類**

オランウータンのジプシー　多摩動物公園のスーパーオランウータン（ポプラ社ノンフィクション）

黒鳥英俊 著　ポプラ社　2008

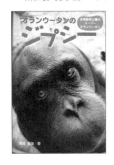

　多摩動物公園には、好奇心旺盛なおばあちゃんオランウータンのジプシーがいる。掃除道具を使いこなしたり、遊びを生みだしたり、家族思いでいつでもみんなを楽しませてくれる。その生活だけでなく、飼育員の仕事や希少種の保存、動物園の役割、野生のオランウータンの危機も知ることができブックトークにも適している。　　**［動物園］**

幼 1 2 3 ［4 5 6］中　　　　　　　　　**489 哺乳類**

森のスケーターヤマネ（文研科学の読み物）

湊秋作 著　金尾恵子 絵　文研出版　2000

　日本固有種であるニホンヤマネの不思議な生態を清里の森にすむメス「チッチ」の1年間として描く。物語風の筆致は読みやすく具体的な記述とのバランスもよい。著者の長年にわたる研究成果が反映されており、小さなヤマネの動きを容易に思い描くことができる。冒頭、冬眠から目覚める姿から読者を引きこむ。　　　　　　　　　　［研究］

幼 1 2 3 ［4 5 6］中　　　　　　　　　**519 環境問題**

風の島へようこそ　くりかえしつかえるエネルギー

アラン・ドラモンド 作　まつむらゆりこ 訳　福音館書店　2012

　デンマークのサムス島は本土からの火力発電をやめて、100パーセント自然エネルギーによる自給へと変えた。当初は無関心な人が多かったが、熱心な人々の努力と停電をきっかけにひとりひとりの意識が変わっていった。軽いタッチのイラストでお話仕立てになっている。巻末に再生エネルギーの解説と島の取材報告がある。　　　　　［発電］

幼 1 2 3 ［4 5 6 中］　　　　　　　　　**519 環境問題**

タマゾン川　多摩川でいのちを考える

山崎充哲 著　旬報社　2012

　東京の多摩川にはアマゾン川で見られる魚も含め、年間1万匹もの外来魚が投棄されている。自然環境調査を行う著者は、故郷の川を守ろうと駆除ではなく保護する「おさかなポスト」を創設。外来種の危険性や多摩川の水質を改善させた歴史や新たな課題も理解できる。口絵や図表もわかりやすく4、5年社会科に役立つ。　　　　　［外来種］

幼 1 2 3 | 4 5 | 6 中　　　　588 食品工業 / 667 水産製造. 水産加工

すがたをかえるたべものしゃしんえほん 12
かつおぶしができるまで

宮崎祥子 構成・文　白松清之 写真　岩崎書店　2016

　明治以来の製法で鰹節をつくる西伊豆町の店を取材。手元によった写真で、一度に千匹の鰹を独特の刃物でさばいていく職人の技や、小骨を抜き鱗や皮を指で擦りとる手間もよくわかる。昔からの掟を守り、地元の木で燻し、カビと天日の力を借り、時間をかけてよいものをつくる過程が作業場の熱気とともに伝わってくる。　　　　[仕事]

幼 1 2 3 | 4 5 6 | 中　　　　　　627 花卉園芸

桜守のはなし

佐野藤右衛門 作　講談社　2012

　植藤造園の 16 代目の著者は全国を飛びまわる桜守。桜が命つきるまで守り育て、一方で新種も探す。道をきわめた職人の仕事ぶりを四季折々の桜の写真とともに紹介。仕事の 7 つ道具には引き継がれてきた技術を感じる。保護しすぎず必要な時に手を貸すということを方言で語るその言葉に、桜への愛情があふれている。　　[仕事] [職人]

幼 1 2 3 4 | 5 6 | 中　　　　648 畜産製造. 畜産物

うちは精肉店

本橋成一 写真と文　農山漁村文化協会　2013

　大阪府貝塚市にある北出精肉店は牛の肥育から屠畜、解体、精肉までを一手に担う。作業のようすを捉えたモノクロの写真は、残酷さをおさえるだけでなく、北出さん一家の真剣なまなざしを際立たせる。近所の子どもたちや一家団欒の姿も屠場と私たちの生活が地続きだと感じる。なめした革の太鼓が祭りに使われる最後は象徴的。　　[仕事]

幼 1 2 3 4 [5 6] 中　　　　　　　　　　　　　　　　650 林業

森は生きている 新装版（講談社青い鳥文庫 自然と人間）

富山和子 作　大庭賢哉 絵　講談社　2012

　　日本人は国土の7割を占める森林を守り育てながら暮らしに活かしてきた。森林は木材や紙の供給だけでなく森の土をつくり海の魚を養う。さらには人を自然災害からも守ってくれている。林業、環境、国土の歴史と多様なテーマで紹介するとよく読まれる。文庫版は活字も大きくなり挿絵も親しみやすくなった。　　　　　　［環境一般］

幼 1 2 3 [4 5 6] 中　　　　　　　　　　　　　　　654 森林保護

どんぐり銀行は森の中　どんぐりあつめて里山づくり

大塚菜生 文　国土社　2010

　　「どんぐり銀行」とは、拾ったドングリを集めて里山保全につなげるという、県職員の思いから始まった取り組みだ。子どもたちは自分が拾ったドングリが大きく育つのを見て、ドングリ料理や工作を楽しみながら森の大切さや、森のために何ができるのかを考える。ドングリの見分け方や森のしくみも教えてくれる本。　　　　　［環境保護］

幼 1 2 3 [4 5 6] 中　　　　　　　　　　　　　　　916 記録

大好き！おじさん文庫（文研ブックランド）

深山さくら 著　文研出版　2018

　　偶然訪れた小学校の蔵書の貧しさに驚いた青年は、本代と丁寧な手紙を25年にわたり匿名で送り続ける。学校内に「おじさん文庫」がつくられ、児童は「おじさん」を想像しながら感謝の会を重ねる。閉校を機に子どもたちと対面した青年は自分の思いを伝える。青年の半生も描かれ、寄付にこめられた思いに心打たれる。　　　［学校図書館］

5年生

竹田津実「北国からの動物記」シリーズ

　竹田津さんの作品に初めて出合ったのは、「森の獣医さんの動物日記」（偕成社）シリーズである。このシリーズは『家族になったスズメのチュン』、『子ぎつねヘレンがのこしたもの』、『写真記野生動物診療所』の3冊。1997年から2004年に出版され、長年子どもたちに愛されている。

　2007年から2020年までには「北国からの動物記」（アリス館）シリーズが出版された。『ハクチョウ』から『ヒグマ』までの10冊である。どの作品も野生動物への愛情が感じられ、長期間の観察によって生態が丁寧に書かれている。自ら撮影した写真は動物たちの表情をとらえ、作品を生き生きとさせている。また、文章は生態を的確に伝えるばかりでなく文学としても優れ、読みやすく、野生で生きている動物たちのたくましい命を鮮やかに感じることができる。

　その中の1冊『オジロワシ』（110ページ）は、この鳥に魅了され、北海道で仕事を見つけた著者が、仕事のかたわら観察を続けた記録である。その年に使われなかった樹上の巣に自ら登って入り、鳥の視点で景色を眺めたり、農家の助けで子育てのようすを注意深く観察したり、エピソードも書かれていて興味深い。野生動物を観察する際の気配りも伝わってくる。

　著者は、常に野生動物と距離をとりながら観察しているが、『エゾリス』では、著者になつき、森の診療所にやって来たエゾリス（アカキチ）との心の交流を交えながらその生活ぶりを紹介している。「北国からの動物記」シリーズは、どの巻もおすすめである。

（金澤磨樹子）

6年生

6年生

6年生の読書

　語彙が増え読む速度があがる。国語科では筆者と自分の考えを比べて意見文を書いたり、随筆を読んだりする。社会科では歴史や憲法を、理科では人体、火山や地震、地球環境についても学ぶ。知識を増やし視野を広げ未来や生き方を考えていく。読むのが苦手な子にも、勉強に忙しい子にも、今だからこそ心躍る本がある。多読より、一生の糧になる１冊と出合わせることに心を砕いてほしい。その本が彼らの根っこを支えてくれるだろう。

幼　1　2　3　4　5　6 中　　　　　　　159 人生

きみが世界を変えるなら［1］　言葉を武器に変えて

石井光太 著　ポプラ社　2016

　がんばっている子どもたちや今を切り開いてきた大人たちを紹介しながら、子どもたちへよりよく生きるためのヒントを伝えるシリーズ（全３巻）の１冊。様々な問題を抱え、その気持ちを誰にも伝えられずにいる子どもたちへ、その状況から抜けだすための武器は「言葉」を発することだと教えてくれる。　　　　　　　［生き方］

幼　1　2　3　4　5　6 中　　　　　　　159 人生

十歳のきみへ　九十五歳のわたしから

日野原重明 著　冨山房インターナショナル　2006

　日本で最長老の医師だった著者が 95 歳の時に子どもたちに向けて書いたメッセージ。「寿命とはなにか？」「長生きはよいことなのか？」「ほかの人のために、どれだけ時間を使っているか？」著者のやさしい問いかけは自然と考えながら読むことを促す。生きるうえで大切なものは何かを改めて考えさせられる。　　　　　　　［生き方］

6年生

おどろきの東京縄文人 (世の中への扉 歴史)

瀧井宏臣 著　講談社　2014

　　東京都新宿区で人骨が発掘された。様々な専門家の協力と現代のハイテクを駆使して東京縄文人が蘇る。なぜ浅いところからきれいな形で発見されたのか、どんな人物でどのように暮らしていたのか、章ごとに謎に迫り飽きずに読みすすめられる。縄文人の骨から人間社会の変化が人体に影響を与えていることがわかる。　　　　　　　[考古学]

幼 1 2 3 4 5 　6 中　　　　　　　　210 日本史 / 916 記録

ぼくは満員電車で原爆を浴びた
11 歳の少年が生きぬいたヒロシマ

米澤鐵志 語り　由井りょう子 文　小学館　2013

　　11 歳の時、爆心地に近い市電の中で被爆しながら奇跡的に生き残った米澤鐵志さん。原爆直後をどう生き抜き、今どんな思いで生きているのか淡々とした語り口で伝える。記憶に残るリアルな熱や臭いなどの描写は悲惨きわまりないが、後日わかったことや記録も加え、冷静かつ誠実に描かれた事実は現代の子どもの心に響くだろう。

[原子爆弾] [戦争と平和]

幼 1 2 3 4 5 　6 中　　　　　　　　289 個人の伝記

かくれ家のアンネ・フランク (岩波少年文庫)

ヤニー・ファン・デル・モーレン 作　西村由美 訳　岩波書店　2019

　　アンネ・フランク財団の協力を得て、日記や歴史的な資料、事実に基づき、楽しく遊ぶ幼い頃から強制収容所での最期までを描く。各章ごとに変化する情勢と家族の動向が短く記され物語に入るので伝記として読める。冒頭で訳者が、原作と時代背景を述べ、地図、隠れ家の模型を配置。挿絵も多く日記の引用も巧み。　[人権] [ホロコースト]

6年生

幼 1 2 3 **4 5 6** 中　　　　　289 個人の伝記 / 369 社会福祉

暗やみの中のきらめき　点字をつくったルイ・ブライユ

マイヤリーサ・ディークマン 著　古市真由美 訳　森川百合香 絵　汐文社　2013

　目の不自由なレオがいるクラスで楽団をつくることになった。担任は目の見えない人用の楽譜や点字を発明したルイ・ブライユの話をしてくれる。レオの日常と担任が語るブライユの話が交互に入る物語性の高い伝記。点字をつくりだす動機は知識や本への渇望であり、懸命な努力がレオの今につながったことがわかる。　　　　　[点字]　[発明]

幼 1 2 3 4 **5 6 中**　　　　　289 個人の伝記 / 916 記録

知里幸恵物語　アイヌの「物語」を命がけで伝えた人
（PHP 心のノンフィクション）

金治直美 著　PHP 研究所　2016

　知里幸恵は、旧土人と差別されながらも努力を重ね、アイヌ民族として初めて口承の叙事詩「アイヌ神謡集」の日本語訳を完成させた。アイヌ語研究者の金田一京助宅での校正終了直後に 19 歳で夭折。文化の結晶であるアイヌ語を守るための一途な闘いは、他民族の言葉を尊重する重要性を強く印象づける。　　　　　[アイヌ]　[人権]

幼 1 2 3 4 5 **6 中**　　　　　289 個人の伝記

ヒロシマをのこす　平和記念資料館をつくった人・長岡省吾

佐藤真澄 著　汐文社　2018

　初代館長を務めた長岡氏は地質学者の目で惨状に驚愕し、誰も顧みない被爆瓦や石を集め続け爆心地特定にも貢献した。遺品も収集しはじめた思いや協力者の出現、資料館開設までの労苦を具体的に描く。実物で惨禍を伝えようとした信念や館をめぐる歴史など初めて知る事実が多い。本文は読みやすく注は丁寧である。

[原子爆弾]

6年生

万次郎　地球を初めてめぐった日本人

岡崎ひでたか 作　篠崎三朗 絵　新日本出版社　2015

　ジョンマンこと中浜万次郎の波乱に満ちた人生をドラマチックに伝える。家計を助けるべく漁に出た万次郎少年は遭難し鳥島で漂流生活を送る。143日後、米国の捕鯨船に救助され米国本土に渡る。鎖国の日本で唯一米国の文化、文明を体験し帰国。身分制度のもとで不当な扱いを受けるも幕末の日本に大きく貢献する。　　　　　　　［鎖国］

ボルネオでオランウータンに会う　ケンタのジャングル体験

たかはしあきら 文　おおともやすお 絵　福音館書店　2015

　小学6年生のケンタは、オランウータンに会いたくてボルネオ島のジャングル体験スクールに参加した。ジャングルでどんな昆虫や動物と出合うか、ケンタと一緒にジャングル体験をしている気分になって読みすすめることができる。様々な国や異年齢の子と初対面で一緒に行動できるケンタの勇気に感心する。　　　　　　［哺乳類］［旅行記］

石たちの声がきこえる

マーグリット・ルアーズ 作　ニザール・アリー・バドル 絵
前田君江 訳　ファラーフ・ラヒーム アラビア語訳　新日本出版社　2018

　戦争が始まり、爆弾が落ちてくる。食べる物もなくなった。人々は、平和に暮らせる国を目指して逃げだした。あとがきを読むとその人々はシリア難民のことだとわかる。これらのことを石で描いた絵本。人々の苦悩、悲しみ、そして安堵したようすが、無機質な石から伝わってくる。あとがきもあわせて読ませたい。　　　　　　　　［難民］

6年生

幼 1 2 3 4 [5 6] 中　　　　　　　　　　319 外交. 戦争と平和

はたらく地雷探知犬（講談社青い鳥文庫）

大塚敦子 文・写真　講談社　2011

　　ボスニアの訓練センターで厳しくも愛情たっぷり育てられた2頭の地雷探知犬がカンボジアで活躍するまでを追う。地雷除去のようすとともに危険と隣あわせで暮らす人々の姿も描かれる。現地スタッフの言葉からは故郷を自らの手で復興していく誇りを感じた。同著者の写真絵本『地雷のない世界へ』(78ページ) もすすめたい。[働く犬]

幼 1 2 3 4 5 [6] 中　　　　　　369 社会福祉 / 916 記録

震度7　新潟県中越地震を忘れない　2004 10 23 17 56

松岡達英 文・絵　ポプラ社　2005

　　著者は2004年、新潟県中越地震で被災した。冒頭に描かれるその時の著者のアトリエ（新潟県川口町）のようすは臨場感があり、ハラハラしながら一気に読める。自ら取材した地域の方々の体験談もリアルだ。前向きに生きる希望を与えたのは人々の温かさややさしさ、復興するために支えあう強い思いと絆だと感じた。　　[災害] [地域社会]

幼 1 2 3 4 [5 6] 中　　　　　　　　　　453 地震. 火山

火山はめざめる

はぎわらふぐ 作　早川由紀夫 監修　福音館書店　2019

　　群馬県と長野県の県境にある浅間山。火口から湯気が漂い、のどかに見えるが現在も小規模爆発を続ける活発な火山だ。過去に繰り返し起きた噴火のようすや災害の状況を迫力ある絵とともに伝える。時代をさかのぼりながら描かれ、国土が噴火によって変わってきたことがわかる。あとがきの解説と年表がさらに理解を補う。　　　[災害]

幼 1 2 3 ｜4 5 6｜ 中

ジャングル（絵本図鑑シリーズ）
松岡達英 作　岩崎書店　1993

　コスタリカのジャングルは「生命のゆりかご」。そこでは見たこともないような多様な生物がかかわりあいバランスよく暮らしている。自らの命を育むために工夫し、しなやかに環境に適応して暮らす生きものたちが、人間が失いかけたものの大切さを教えてくれる。精密で鮮やかなイラストは何度も繰り返し見たくなる。　　　　[生物多様性]

幼 1 2 3 4 ｜5 6｜ 中　　　　　479 被子植物 / 616 穀物．豆．いも

ジャガイモの花と実（オリジナル入門シリーズ）
板倉聖宣 著　藤森知子 絵　仮説社　2009

　著者はジャガイモを多く収穫するために蕾を摘んだ経験から、なぜ花は咲くのか疑問を抱く。イモは植物の再生力を使い種芋で増えるが、花のあとに実ができ種がとれる。より収量が多く病気に強いイモをつくるにはどうするか。花の役割とそのしくみを利用した品種改良のおもしろさを歴史上のエピソードを交えて綴る。　　　　[品種改良]

幼 1 2 3 4 ｜5 6｜ 中　　　　　　　　　480 動物 / 916 記録

ありがとう実験動物たち（ノンフィクション・生きるチカラ）
笠井憲雪 監修　太田京子 著　岩崎書店　2015

　動物実験施設で動物の世話をする技術職員の日々を描く。動物たちの苦しみに寄りそい、少しでも快適にと愛情をもって世話をしながら実験方法改善も模索する。人間がほかの生きものを利用して得た知識で「ヒト」だけが恩恵を受けている現代社会への問いかけは重い。エピソードで綴られ写真も理解を助ける。　　　　[動物福祉]

6年生

6年生

サナギのひみつ（ポプラサイエンスランド）

三輪一雄 著　大谷剛 監修　ポプラ社　2018

　　昆虫の体のつくりと、不完全変態と完全変態の違いをおさえ、完全変態の親子がまったく違う姿である謎を解く。4億1千600万年前に生まれた無翅昆虫になぜ羽ができ飛ぶようになったか、さらに現在80パーセントを占める完全変態に進化した戦略を明快に説明。写実的な絵と写真を巧みに挟み、高度な内容を楽しく理解させる。　　［進化］

カラスのジョーシキってなんだ？（おもしろ生き物研究）

柴田佳秀 文　マツダユカ 絵　子どもの未来社　2018

　　案内役のハシブトカラスのカーキチが、その生態をたくさんの小項目でテンポよく語る。集まって眠るわけ、寿命、種類による鳴き声の違い、自由を好むが夫婦仲はよいなど多彩な情報が満載。カラスにまつわるうわさもとりあげて真偽も述べる。コミカルな漫画もあり楽しめる。読み終わると観察してみたくなる。　　［動物の観察］

フクロウ物語（福音館文庫）

モーリー・バケット 作　松浦久子 訳　岩本久則 画　福音館書店　2004

　　著者はイギリスで野生動物リハビリセンターを運営している。施設での体験をもとに、「ボズ」と名づけたモリフクロウとの日々を主人公「ぼく」から見た物語として描く。ボズの行動が生き生きと、かつ詳しく描写されておりフクロウの生態に興味が湧く。ユーモラスな挿絵も魅力的。生きもの好きの子にぜひすすめたい。　　［動物保護］

6年生

幼 1 2 3 4 5 6 中　　　　　　　　　　　488 鳥類

ぼくはアホウドリの親になる　写真記ひな70羽引っこし大作戦

南俊夫 文・写真　山階鳥類研究所 監修　偕成社　2015

絶滅の危機にあるアホウドリ。長年の保護により数を増やしてきたが、繁殖地である鳥島は火山島のため噴火の危険がある。そこで、アホウドリを小笠原諸島の無人島聟島に引っ越しさせる計画を立てた。ひなを聟島に運び、親のかわりにえさをやり、テントから何週間も見守る。著者のまなざしは温かい。　　　　　　　[絶滅危惧種] [動物保護]

幼 1 2 3 4 5 6 中　　　　　　　　　　489 哺乳類

クマ王 モナーク（シートン動物記）

アーネスト・T・シートン 文・絵　今泉吉晴 訳・解説　童心社　2010

シリーズ全15巻の1冊。19〜20世紀初頭のカリフォルニア州を舞台に、ヒグマの一種であるグリズリーの波乱にとんだ一生を臨場感豊かに描く。クマのモナークは母親を殺した猟師に育てられ、その愛嬌と賢さで愛されるが、牧場に売られて見世物にされ人間を憎むようになる。チャンスをつかんで逃走し野生動物として成長していくが、人間との激しい攻防が続く。シートンの挿絵は迫力があり、ときに、おかしみもあり、表現が多彩で実に魅力的だ。判型や装丁、訳もよい。動物学者の訳者による巻末解説はQ&Aの形でたっぷり記述されている。図版を多くとりいれ、本文で生まれた興味や疑問にも応えているため、子どもたちは小さい活字を気にせず熱心に読んでいた。当時の社会状況や動物の基礎知識を得て、物語の理解を深めることができる。

　高学年に本シリーズを毎年紹介してきた。1冊読むとシリーズ内の別の本に手をのばす子が多く、次の本を選びながら目を輝かせ感想を話す子たちの姿を思い出す。「シートン動物記」は、幼年向けなどのダイジェスト版も出版されている。しかし、本シリーズは人間のおろかさを率直に描き、動物と人間の共存を考えさせる作品である。ぜひとも完訳本で出合わせたい。　　　　　[生態]

6年生

幼 1 2 3 4 ⬜5 6⬜ 中　　　　　489 哺乳類

すぐそこに、カヤネズミ　身近にくらす野生動物を守る方法（くもんジュニアサイエンス）

畠佐代子 著　くもん出版　2015

　カヤネズミに魅せられ研究を始めた著者が自ら撮った写真とともに生態を紹介。野外調査で生息地を調べ、自作の仕掛けで捕獲し飼育する研究の過程を具体的に伝える。生息地のカヤ原が奪われ絶滅の危機にあると知り、人と共存するためにアイデアを出して行動する著者から、野生動物保護に対する考え方を学べる。　　　　　[環境保護]

幼 1 2 3 ⬜4 5 6⬜ 中　　　　　489 哺乳類

天井からジネズミ（動物感動ノンフィクション）

佐伯元子 文　あべ弘士 絵　学研　2015

　目も開かないジネズミの赤ん坊を偶然保護し、足かけ2年間飼育した記録。鳥の渡りを観察する著者は、観察地を連れ歩きながら生餌（いきえ）を確保しつづけた。小さな変化や不思議を鋭く捉えて仮説を立て考察しながら育てる。その試行錯誤の中で温かな交流が生まれる。ともに飼育している気持ちで読める。脚注の説明もわかりやすい。　　　[飼育]

幼 1 2 3 4 ⬜5 6 中⬜　　　　　490 医学

さよならエルマおばあさん

大塚敦子 写真・文　小学館　2000

　ガンの告知を受けたエルマおばあさんが、自分の死を受け入れ亡くなるまでの日々を飼い猫の目をとおして淡々と描く。家族に囲まれ、医療関係者の助けを借り、穏やかにすごす姿は読者を力づける。孫と呼ばれるほどの関係を築いた写真家が介護に参加しながら撮影して生まれた稀有な作品。白黒の写真が心に残る。　　　[生と死]

うんちの正体　菌は人類をすくう（ポプラサイエンスランド）

坂元志歩 著　鱈耳郎 絵　ポプラ社　2015

最新の腸内細菌の研究成果をユーモラスな文章で報告。ヘソのゴマの匂いの原因や宇宙のうんちパック爆発事件の逸話で笑わせながら菌についての基礎知識を説明。腸内細菌が消化吸収にどうかかわるか、大腸にいる 100 兆個もの菌に多様性があることがなぜ大切か、ユニークな絵で高度な内容を巧みに理解させる。　　　[宇宙][腸内細菌]

カミカミおもしろだ液学　だ液は健康を守る"まほうの水"

岡崎好秀 著　少年写真新聞社　2016

だ液は消化を助け、口内を清潔に保ち、傷を治すなど若さと健康維持のために大切な働きをしている。小児歯科医であった著者が、現代の食生活に多いやわらかい食べものや食事前の飲みものがもたらす影響にも警鐘を鳴らす。多くの実験やデータを交え、クイズや吹きだしの会話形式でわかりやすく伝えてくれる。　　　　　　[健康]

救命救急フライトドクター　攻めの医療で命を救え！

岩貞るみこ 著　講談社　2011

日本のドクターヘリの草分け、日本医科大学千葉北総病院救命救急センターを 3 年にわたり取材。阪神淡路大震災を契機に、医師たちはヘリによる救命を開始し充実させていく。スピード感のある文章で、現場の緊迫感と命に対する真摯な姿勢が伝わる。同著者類書に『命をつなげ！ドクターヘリ』（講談社青い鳥文庫）。　　　[社会のしくみ]

6年生

6年生

幼　1　2　3　4　5　6　中　　　　　　　　　494 外科学 / 916 記録

転んでも、大丈夫　ぼくが義足を作る理由
（ポプラ社ノンフィクション 生きかた）

臼井二美男 著　ポプラ社　2016

　　著者は、様々な理由で足を失った人の義足をつくる義肢装具士。アスリートなど、どん底を味わった人たちが夢や希望をもって生きられるように、どんな要望にも誠実にこたえる。強い願いをもって彼のもとを訪れる人の気持ちに寄りそい仕事にとりくむ姿と、彼を信じて前向きに挑戦する人との絆を感じ力をもらう。　　　[仕事]［障害]

幼　1　2　3　4　5　6　中　　　　　　　　　　519 環境問題

患者さんが教えてくれた　水俣病と原田正純先生
（フレーベル館ジュニア・ノンフィクション）

外尾誠 文　フレーベル館　2013

　　常に患者に寄りそい、水俣病の原因究明に尽力した医師、原田正純。病との出合いから晩年の活動までを豊富な資料と直接取材をもとに冷静な筆致で描く。患者が社会の偏見とも戦わなければならない公害病問題の複雑さに目を開かされる。類書に病の悲惨さが伝わる『よかたい先生』（三枝三七子　学研）がある。　　　[医師]

幼　1　2　3　4　5　6　中　　　　　　　　　　519 環境問題

クジラのおなかからプラスチック

保坂直紀 著　旬報社　2018

　　海岸に打ちあげられたクジラの胃から 80 枚を超えるプラスチックの袋が出てきたといった衝撃的な話から始まる。生きものを脅かしているプラスチックはどのような物質なのか、マイクロプラスチックはどうやってできるのかを解説。海の環境を守るため、私たちにできることを考えるきっかけにして欲しい。　　　[海洋汚染]

6年生

幼 1 2 3 4 ⑤ ⑥ 中　　　　　　　　**519 環境問題**

漁師さんの森づくり　森は海の恋人

畠山重篤 著　カナヨ・スギヤマ 絵　講談社　2000

　　　宮城県で牡蠣養殖を営む著者が「森は海の恋人」を合言葉に展開した運動の経緯とその後を綴る。公害で汚染され牡蠣が死んだ海を蘇らせようと漁師たちは上流の山に落葉樹を植樹。森は栄養分を川から海へ供給し生きものを養った。海で遊んだ子ども時代や養殖の危機と再生のようすが、豊富なイラストで生き生きと伝わる。　　[環境保護]

幼 1 2 3 4 ⑤ ⑥ 中　　　　　**538 航空工学．宇宙工学／916 記録**

宇宙においでよ！

野口聡一 著　林公代 文　植田知成 イラスト　講談社　2008

　　　2005 年に宇宙飛行士として活躍した著者が宇宙を目指した理由、宇宙に向かうための準備、15 日間の宇宙生活などを語る。常識にしばられず、外の世界に目を向けてみるのも 1 つの方法であると、若者に語りかける言葉には、宇宙を体験した者のもつ重みがある。写真やユーモラスなイラストも効果的だ。

[宇宙飛行士]

幼 1 2 3 4 ⑤ ⑥ 中　　　　　　　**538 航空工学．宇宙工学**

キュリオシティ　ぼくは、火星にいる

マーカス・モートン 作　松田素子 訳　渡部潤一 日本語版監修　ＢＬ出版　2019

　　　2012 年 8 月 6 日、NASA が打ちあげた探査車キュリオシティが火星に着陸した。地球から最も近い惑星はどのような場所なのか。研究者によるキュリオシティの開発中のようすから火星での活動までが見開きの大きな画面で描かれる。1960 年代から今に至るまでの宇宙探検の歴史や技術の進歩をたどれるのも魅力。　　　　[宇宙]

6
年
生

6年生

幼 1 2 3 4 [5 6] 中　　　　　　　　588 食品工業 / 916 記録

世界を救うパンの缶詰

菅聖子 文　やましたこうへい 絵　ほるぷ出版　2017

阪神淡路大震災がきっかけで生まれたパンの缶詰。開発は試行錯誤の連続だったが、おいしく長期保存ができ災害時に役立つ缶詰をついに完成させる。世界中で飢えに苦しむ人へも届ける「救缶鳥プロジェクト」というシステムもつくり社会貢献を続ける。親子3代のパン屋さんが信念を貫き行動する姿に勇気をもらう。[国際協力][保存食]

幼 1 2 3 4 [5 6 中]　　　　　　　　616 穀物．豆．いも

稲と日本人

甲斐信枝 作　佐藤洋一郎 監修　福音館書店　2015

日本の稲作2千数百年の歴史を描く。列島の位置や地形の影響で自然災害が多い日本で、人々は飢饉に苦しみながら綿々と土地や品種の改良を続けてきた。実例が豊富で稲作の労苦を知り祖先の祈りを肌で感じながら読める。作者は文献を調べ現地で取材し、誠実に対象に迫っている。絵に圧倒的な力が宿っている。[稲作][歴史]

幼 1 2 3 4 [5 6] 中　　　　　　　641 畜産経済・行政・経営

しあわせの牛乳　牛もしあわせ！おれもしあわせ！
（ポプラ社ノンフィクション 生きかた）

佐藤慧 著　安田菜津紀 写真　ポプラ社　2018

日本で希少な「山地酪農」を営む牧場主を3年にわたり取材。牛を愛した子ども時代から今に至る困難な道のりを丁寧に描き、安さを優先する近代酪農の課題もわかる。表紙や口絵の写真は効果的で酪農家と牛がともに幸せなようすや牧場主の人柄が伝わる。身近な牛乳で、これからの社会のあり方を考えさせてくれる。[仕事][酪農]

幼 1 2 3 4 5 **5　6** 中　　　　　　　　　　**645 家畜. ペットの飼育**

走れ！メープル　犬の車いすができるまで

菅聖子 文　山本遼 写真　篠本映 絵　小峰書店　2019

　忠裕之さんは愛犬が下半身麻痺になったことをきっかけに数多くの犬用車椅子をつくってきた。どの犬も気持ちよく走れるよう改良を重ね1頭ずつ微調整をする姿からは、忠さんの誠実な人柄とモノづくりの楽しさが伝わってくる。製作過程や車椅子のしくみを描いた愛らしいイラストによる解説も魅力的だ。　　　　［動物福祉］［ペット］

幼 1 2 3 4 5 **6　中**　　　　　　　　　　　　**649 獣医学**

珍獣ドクターのドタバタ診察日記　動物の命に「まった」なし！
（ポプラ社ノンフィクション 動物）

田向健一 著　ポプラ社　2017

　著者は幼い頃から生きものが大好きで獣医師の道を選んだ。飼育動物の死も経験しどんな動物も受け入れる信念でサルやは虫類まで100種類以上の命を救う。飼い主への助言も熱心だ。前例のない治療でも医療器具を工夫し研究を続け、ものいえぬ命を救う模索が続く。絵や写真が豊富で診察室に居あわせたように感じる。　　［仕事］［獣医］

幼 1 2 3 4 5 **6** 中　　　　　　　　　　　　　**710 彫刻**

すばらしい彫刻

かこさとし 作　偕成社　1989

　ミロのビーナス、ロダンの考える人、興福寺の阿修羅など有名な彫刻をとりあげ、時代背景や彫刻家の思いなどを著者が解説。全身だけでなく見てほしい部分を拡大した写真も加え、注目点やどんな美しさがあるかなど鑑賞のポイントが理解しやすい。欄外に美術館名も記載され実際に鑑賞してみたくなる。　　　　　　　　　　　　［鑑賞］

6年生

語り継ぐ「戦争・平和へ」

　長年、6年生には戦争文学の紹介を続けてきた。国語科では外国の物語も入れたが、社会科では日本の太平洋戦争の記録文学を中心にすえた。選ぶ際に大切にしたのは悲惨さだけでなく、人への信頼や生きる希望が伝わるかである。

　「8月15日は何の日？」と聞いても反応がない子が年々増えていく。戦争体験の風化を肌で感じる。私事だが、父は傷痍軍人、母は学徒動員で14歳から寮で飛行機部品作りに明け暮れ、兄は戦死し家は焼夷弾で焼失した。

　数年前からブックトークの導入に、母から聞いた体験を1つだけ話すようになった。児童は、目の前にいる"私"の親が戦争を体験したと聞くと、急に戦争が現実感をもつのだろう、ハッとした表情を見せる。

　毎回紹介したのは、6年生の体験『新版 ガラスのうさぎ』（高木敏子 作　金の星社）だ。学童疎開や著者が母と妹を失った東京大空襲などの資料を示して補足する。もう1冊は6歳で沖縄戦を生き抜いた『白旗の少女』（比嘉富子 著　講談社）である。ひとりきりで飢えと渇きをどうしのいだか、その行動に児童はただ驚く。白旗をつくり少女を救う老夫婦と厳格な父の教えを糧に自分の命を守る姿が子どもたちに強い印象を残す。

　どの子も読みとおせるように、水爆実験で被爆した『わすれないで』（78ページ）も入れていた。『ふるさとにかえりたい』（112ページ）はこの時13歳で近くの島で被爆したおばあちゃんが証言する。今も続く後遺症の不安や情報が隠されるこわさが伝わる。第五福竜丸の事件や福島の原発事故にも触れ視野を広げてくれる。

　読書力の幅に対応できる本に、軽快なテンポで展開する『パンプキン！』（令丈ヒロ子 作　講談社）がある。現代の子どもたちが、練習用の

模擬原子爆弾を調べる物語だ。沖縄戦では『さとうきび畑の唄』（湯川和彦 著　汐文社）がある。明石家さんまが父親を演じた芸術祭大賞受賞ドラマの書籍化だ。人を笑わせるのが大好きなやさしい男が敵を倒す兵隊になる。その苦悩が戦争の本質を考えさせる。

『シゲコ！』（112ページ）は13歳で被爆し戦後、米国でケロイドの手術を受けた女性の聞き書き。原爆孤児の支援をする米国人にも支えられ、外見への好奇の目に負けずに米国で看護師として生きる。両国をまたぐ経験が、戦争や人間を多面的に見ることを教えてくれる。

『絵で読む広島の原爆』（112ページ）は、どのように戦争が起き、核が落とされたか、戦後の核軍拡までの客観的事実を詳細かつ多角的にまとめている。紹介時は前半の絵本の部分を見せ、巻末に掲載された生存者証言をもとに再現された絵であると話す。6年生では前半の絵本部分だけでも見てもらい、中学の学校図書館で再会してほしい。同書の40〜41ページに焼けた電車内に遺体が並ぶ絵があるが『ぼくは満員電車で原爆を浴びた』（93ページ）の著者はこの状況で奇跡的に生き残った。第五福竜丸の事件で語り部を始め、福島の原発事故でこの本を書こうと決意したという。辛すぎる体験を書き残してくれた人々に深く感謝したい。

　実物で原爆の恐ろしさを伝えることに半生を捧げた人物の伝記が『ヒロシマをのこす』（94ページ）である。教科書で学ぶ「原爆ドーム」がなぜ残ったかも記述されている。ひとりひとりの行動が社会を変えるのだと、希望が確信に変わる本である。

　先人の労苦の上に築かれた平和は、私たちの日々の努力なくして守れないことを、本の力で語り継ぎたい。

（福岡淳子）

学年別予備リスト

*評価の高さは本編の 240 冊と同レベルです。分野のバランスや同シリーズ
  の重なりを考慮して、本編リストから外した本です。
* 1 年生から 6 年生まで学年別です。本編とおなじように、分類記号→書名
  の五十音順に並んでいます。
* 2020 年 3 月時点で購入可能です。

1 年生

分類	書名	副書名
E/451	おかしなゆきふしぎなこおり	
E/481	どっち？	
484	ここにいるよ！ナメクジ	
487	さかなだってねむるんです	
E/487	ちいさなかえるくん	
E/489	おおきくなりたいこりすのもぐ	
E/625	いちご	

2 年生

分類	書名	副書名
451	しもばしら	
E/451	ふゆとみずのまほう こおり	
E/481	ふかい海のさかな	
484	かたつむりのひみつ	
E/486	新版 かぶとむし	かぶとむしの一生
E/486	新版 かまきり	おおかまきりの一生
E/486	新版 はち	ふたもんあしながばちの一生
491	おへそのひみつ	
E/686	チンチンでんしゃのはしるまち	

3 年生

分類	書名	副書名
378	わたしたちのトビアス	
E/479	おおばことなかよし	
480	どうぶつの目	
481	たまごとひよこ	

著者 画家 訳者	出版社	出版年	対象年齢
片平孝 写真・文	ポプラ社	2012	幼・1・2
まつおかたつひで 作	ハッピーオウル社	2019	幼・1
皆越ようせい 写真・文	ポプラ社	2014	1・2・3
伊藤勝敏 写真　嶋田泰子 文	ポプラ社	2015	1・2・3
甲斐信枝 作	福音館書店	2017[*1]	幼・1
征矢清 文　夏目義一 絵	福音館書店	2009[*2]	幼・1
平山和子 作	福音館書店	1989[*3]	幼・1

著者 画家 訳者	出版社	出版年	対象年齢
野坂勇作 作	福音館書店	2004[*4]	1・2
片平孝 写真・文	ポプラ社	2019	幼・1・2
武田正倫 文　渡辺可久 絵	新日本出版社	1982	2・3
黒住耐二 監修　武田晋一 写真	ひさかたチャイルド	2013	幼・1・2
得田之久 文・絵	福音館書店	2010	幼・1・2・3
得田之久 文・絵	福音館書店	2010	幼・1・2・3
得田之久 文・絵	福音館書店	2010	幼・1・2・3
やぎゅうげんいちろう 作	福音館書店	2000[*5]	1・2
横溝英一 作	福音館書店	2002[*6]	1・2・3

著者 画家 訳者	出版社	出版年	対象年齢
セシリア・スベドベリ 編 ヨルゲン・スベドベリ等 文・絵　山内清子訳	偕成社	1978	1・2・3・4
真船和夫 文　加藤新 絵	新日本出版社	1985	2・3
中川志郎 監修　わしおとしこ 構成・文	アリス館	1994	2・3
ミリセント・E・セルサム 文 竹山博 絵　松田道郎 訳	福音館書店	1972	1・2・3

＊（　）内数字は雑誌出版年。＊1（2005），＊2（2003），＊3（1984），＊4（2002），＊5（1998），＊6（1992）

485	やどかりのいえさがし	
486	あめんぼがとんだ	
486	ありのごちそう	
486	カマキリの生きかた	さすらいのハンター
E/489	たぬきの子	
E/616	あずき	

4 年生

分類	書名	副書名
289	バーナムの骨	ティラノサウルスを発見した化石ハンターの物語
435	くうきはどこに？	
442	星座を見つけよう	
E/488	うみどりの島	
488	ノグチゲラの親子	沖縄やんばるの森にすむキツツキのおはなし
488	ヤンバルクイナ	世界中で沖縄にしかいない飛べない鳥
489	オランウータンに会いに行く	
517	川は生きている 新装版	
519	ぼくの先生は東京湾	
653	日本の風景 松	
782	とびきりおかしなマラソンレース	1904 年セントルイスオリンピック

5 年生

分類	書名	副書名
020	本のれきし 5000 年	
289	わたしはガリレオ	
295	アラスカたんけん記	
295	森へ	
369	光をくれた犬たち 盲導犬の一生	
369	ぼくらの津波てんでんこ	
384	人と出会う場所	世界の市場
446	月の満ち欠けのひみつ	ミヅキさんのムーンクッキー
461	いのちのひろがり	
488	オジロワシ	
488	ふしぎな鳥の巣	

武田正倫 文　浅井粂男 絵	新日本出版社	1980	1・2・3
高家博成 文　横内襄 絵	新日本出版社	1991	2・3・4
高家博成 文　横内襄 絵	新日本出版社	1979	1・2・3
筒井学 写真と文	小学館	2013	2・3
増井光子 文　滝波明生 絵	新日本出版社	1983	2・3
荒井真紀 作	福音館書店	2018[*1]	2・3

著者 画家 訳者	出版社	出版年	対象年齢
トレイシー・E・ファーン 文　ボリス・クリコフ 絵　片岡しのぶ 訳	光村教育図書	2013	4・5
フランクリン・M・ブランリー 作　ジョン・オブライエン 絵　おおにしたけお 訳 りゅうさわあや 訳	福音館書店	2009	3・4
H・A・レイ 文・絵　草下英明 訳	福音館書店	1969	4・5・6
寺沢孝毅 文　あべ弘士 絵	偕成社	2019	4・5・6
渡久地豊 写真と文	小学館	2015	3・4
江口欣照 写真と文	小学館	2014	3・4
横塚眞己人 作	偕成社	2011	3・4
富山和子 作　大庭賢哉 絵	講談社	2012	4・5・6
中村征夫 写真・文	フレーベル館	2015	3・4
ゆのきようこ 文　阿部伸二 絵	理論社	2005	3・4・5・6
メーガン・マッカーシー 作　おびかゆうこ 訳	光村教育図書	2019	4・5・6

著者 画家 訳者	出版社	出版年	対象年齢
辻村益朗 作	福音館書店	1992[*2]	5・6・中
ボニー・クリステンセン 作　渋谷弘子 訳	さ・え・ら書房	2012	5・6
星野道夫 文・写真	福音館書店	1990[*3]	5・6
星野道夫 文・写真	福音館書店	1996[*4]	4・5・6
今西乃子 著　浜田一男 写真	金の星社	2017	5・6
谷本雄治 著	フレーベル館	2012	4・5・6
小松義夫 写真・文	アリス館	2016	5・6
関口シュン 絵・文　木村直人 監修	子どもの未来社	2013	4・5・6
中村桂子 文　松岡達英 絵	福音館書店	2017[*5]	4・5
竹田津実 文・写真	アリス館	2012	4・5
鈴木まもる 文・絵	偕成社	2007	4・5・6

＊（　）内数字は雑誌出版年。＊1（2014），＊2（1989），＊3（1986），＊4（1993），＊5（2015）

489	森のなかのオランウータン学園	
610 / 657	農家になろう 8 シイタケととも に	きのこ農家中本清治
616	お米は生きている	
916	あみちゃんの魔法のことば	夢をかなえる 15 の物語

6 年生

分類	書名	副書名
110 / 289	わたしが外人だったころ	
210	絵で読む広島の原爆	
210	さがしています	
242	ピラミッド	その歴史と科学
369	ふるさとにかえりたい	リミヨおばあちゃんとヒバクの島
445	なぜ、めい王星は惑星じゃない の？	科学の進歩は宇宙の当たり前をかえていく
448	地球が回っているって、ほんと う？	小学生のやさしい天文学
452	海は生きている	
453	地震のはなしを聞きに行く	父はなぜ死んだのか
453	富士山大ばくはつ	
460	人間	
486	おどろきのスズメバチ	
486	蚊も時計を持っている	
495	赤ちゃんのはなし	
519	死の川とたたかう 新版	イタイイタイ病を追って
576	いっぽんの鉛筆のむこうに	
610 / 641	農家になろう 1 乳牛とともに	酪農家三友盛行
685	道は生きている 新装版	
754	木でつくろう手でつくろう	
916	シゲコ！	ヒロシマから海をわたって
929	ファニー 13 歳の指揮官	

著者 画家 訳者	出版社	出版年	対象年齢
スージー・エスターハス 文・写真 海都洋子 訳	六耀社	2017	4・5・6
大西暢夫 写真　農文協 編	農山漁村文化協会	2015	5・6・中
富山和子 作　大庭賢哉 絵	講談社	2013	5・6
ふじもとみさと 文	文研出版	2019	5・6

著者 画家 訳者	出版社	出版年	対象年齢
鶴見俊輔 文　佐々木マキ 絵	福音館書店	2015*¹	6・中
那須正幹 文　西村繁男 絵	福音館書店	1995	6・中
岡倉禎志 写真　アーサー・ビナード 作	童心社	2012	6・中
かこさとし 著	偕成社	1990	6・中
羽生田有紀 文　島田興生 写真	子どもの未来社	2014	6・中
布施哲治 著	くもん出版	2007	6・中
布施哲治 著	くもん出版	2009	6・中
富山和子 作　大庭賢哉 絵	講談社	2017	5・6
須藤文音 文　下河原幸恵 絵	偕成社	2013	5・6・中
かこさとし 作	小峰書店	1999	5・6
加古里子 文・絵	福音館書店	1995	5・6・中
中村雅雄 著	講談社	2013	5・6・中
千葉喜彦 著	さ・え・ら書房	1987	5・6・中
マリー・ホール・エッツ 文・絵　坪井郁 美 訳	福音館書店	1982	5・6・中
八田清信 著	偕成社	2012	6・中
谷川俊太郎 文　坂井信彦ほか 写真 堀内誠一 絵	福音館書店	1989*²	4・5・6
みやこうせい 写真　農文協 編	農山漁村文化協会	2012	5・6・中
富山和子 作　大庭賢哉 絵	講談社	2012	6・中
遠藤敏明 著	小峰書店	2012	6・中
菅聖子 著	偕成社	2010	5・6・中
ファニー・ベン＝アミ 著　ガリラ・ロン フェデル・アミット 編　伏見操 訳	岩波書店	2017	6・中

＊（　）内数字は雑誌出版年。＊1 (1995)，＊2 (1985)

例会の実際

　2015 年夏からノンフィクションの会（NF 会）がスタート。現役の小学校司書が集まり、「スキルアップ」と「現場で使えるリストの作成」を目指して月に 1 回、候補リストの本を評価・記録してきた。

　例会は次の流れで進めた。

① 当日の記録者を決め、今日やることを確認

② 前回のレビュースリップ（評価表）を確認。内容がわかりやすいか間違いがないかチェック

③ 1 冊ずつ本の評価をする。事前に読んできたことをもとに全員が評価を発表し、対照事項、分野、主題、分類記号、対象学年も検討する。その本のレビュースリップを書く人は、事前に決め記録しながら参加

④ 次回評価する本を決定

　少人数のため司会はつくらないが、議論が白熱したときの大切な発言は忘れないようにレビュースリップ担当とは別に記録者をおいた。毎回 6 〜 7 冊を評価するのに 2 時間半〜 3 時間かけていた。

　レビュースリップは『新・この一冊から　子どもと本をつなぐあなたへ』作成時に使用したものを参考につくり直し使いはじめたが、本によって書ききれない項目も出てくる。そのたびに改訂し、現在の形（115 ページ）になった。

　評価の話しあいでは、本の良し悪しだけでなく、実際に子どもに手渡したときの反応や授業でどう使ったのかという現場感覚を活かした発言を大事にした。評価が分かれたときは意見をとことん述べ、最終的に子どもに手渡せるかどうかで判断をしていた。経験豊富なメンバーの意見だけがとおって決まるのでなく、フラットに話しあいできる雰囲気が学習会では大切だと感じた。

（塚田麻泉）

例会で使用したレビュースリップ

書　　　名	カモのきょうだい クリとゴマ	評価	コラム
	シリーズ名	Ⓐ　B　C　D	
著者・画家	作・絵　なかがわちひろ　写真　中村玄とその家族		
編・訳者			
出　版　社	発行　アリス館　　　　発売　　　　　　初版出版年　2011　　年 （原書出版年　　年　原書出版国　　　　）（雑誌名　　年　月）		
ISBN	978-4-7520-0557-5		
対照事項	大きさ　　　　21cm　　　　　　ページ数　144p		
	挿絵・地図・図版・索引・年表・参考文献 写真・絵本・写真絵本	造本 ハードカバー・ソフトカバー	
分　　　野	植物・動物・宇宙・社会・その他　　　主題　カルガモ　飼育　　分類記号　488		
対象学年	幼児　1年　2年　3年　4年　5年　6年　中学生　科学入門		
著者情報	1958年生まれ。翻訳家として海外児童文学をひろく紹介するとともに、作家・画家として絵本や童話を数多く生み出している。埼玉県在住。		
内　　　容	6月の大雨の中、著者の息子ゲンが拾ってきたのは、カルガモの卵。野生動物へ手をだすことに疑問をもちながらも、生まれてきた2羽を野生に戻せるよう育てていく。卵が孵化する様子、雛の時の食べ物や羽が生え変わる様子、遊水池に放した後のことをやさしく愛情のある文章で書いている。		
評　　　価	・写真や挿絵に添えられているコメントに愛嬌がある。 ・観察の文と著者の考えが書いてある文と行をあけて書いている。 ・小さい写真だが成長がわかってよい。 ・挿絵もユーモラスで愛着がわく（例　2羽の兄弟の特徴をとらえた挿絵：P.50) ・著者の優しいイラストと写真が効果的に入り、より読みやすくなっている。 ・構成がよい。 ・見返しにクリとゴマが行動した範囲の地図がある。 ・野生動物を飼うことのむずかしさを教えてくれる。 ・読み手も一緒に成長できる。 ・実際に育てているので「くさい」とかリアル感が伝わってくる。 ・卵の内側からつつく音や「ひよひよひよ」となく声に臨場感がある。 ・いずれ自然に戻すことを考えて育てている。 ・3、4年生でも環境や野鳥観察に興味を持っている子は完読できる。 ・『大きなたまご』と組み合わせてブックトークをする。		
引　　　用	P.8「おかあさん鳥のおなかの下は、だいたい37度5分から38度だそうです。つまり、わたしたち人間も、かぜをひいて、熱が出ているときなら、たまごをあたためるのにぴったりということですね。」		
書評年月日	2016年4月　書評者　福岡　金澤　塚田　村田　土屋　磯沼　　記録者　塚田		

日本子どもの本研究会　学校図書館研究部会　NFグループ

例会に参加して

　この会に参加しはじめたころ、課題本の評価と感想の違いをなかなかつかめなかった。たとえば「オスが卵を守っているところがおもしろかった」などと発表しては「あ、これ感想ですよね。すみません」という言葉が口をついて出たりした。そして、ほかのメンバーの「評価」を聞きながら「ああ、こういう視点で見るのだな」と、少しずつ学んでいった。

　たとえば「表紙の絵や装丁に工夫はあるか？」「話は理解しやすいか？」「科学的にまちがいがないか？」「図版や写真は、本文の理解を助けているか？」「文章の量や言葉の選び方はどうか？」などなど。いくつもの視点で本と向きあうことを意識するようになった。

　このことは、学校で購入する本を選ぶ時にも大きな力になった。学校司書はひとり職場であり、自分の選書に偏りがないか不安をもつこともあったが、例会を続けていくうちに、多角的に1冊の本と向かいあい、その価値をさぐることを学ぶことができた。それは、子どもに本をすすめるときにも役立った。上質な本をみんなと読んできたからこそ、物語が苦手な子にはこの本を、星や虫が好きな子にはこんな本をというように、自信をもって1冊の本を手渡すことができるようになってきた。

　また、次の会に向けて毎月数冊の課題本を読みこみ、自分の評価を準備することは、考えを整理して他者に伝える訓練にもなったと思う。

　こうした積み重ねが大きな財産になっていると感じる。そしてなにより、仲間とたくさんの本について語りあうことは、とても楽しいことだ。ぜひみなさまにもこのような学習会をおすすめしたい。

（村田直美）

本リストの活用　リスト読み

「リスト読み」とは、読書力を育てるために上質な本を集中的に読ませる活動[*1]である。成功のカギは、対象児童に適したよいリストを選ぶことだ。学校司書と教員が連携すると効果はより高まる。

　本リストは公立小学校児童を想定して学年分けをした。対象クラスの実態と実施時期を加味して上下の学年の本を加えてほしい。支援の必要な児童には別のリストをつくったり、読後にクイズを行ったりして読むことを楽しめるように工夫する。物語も含める場合は既存のよいリスト[*2]から選択したい。

　定期的な来館があれば、一斉読書の時間には4〜6週間継続してリスト本だけを読ませる。その期間は、貸出にもリスト本を含めるよう指導したい。一斉読書の時間がとれない場合は学級文庫に入れたり、読書週間や夏休みに実施したりする。その場合もリストを配布するだけでなく、数冊でも表紙を見せてひと言紹介をすると意欲が高まる。冊数や期間を限定すると多くの児童のやる気が保てる。多く読んだ子をほめるのはよいが、冊数競争にしてしまうと慌てて読んだり印だけつけたりする子が現れる。その子なりの目標冊数を決めたり、司書が個別にすすめたりするのもよい。1冊でもお気に入りの本ができることが次へのステップとなる。

【手順】
　①教員と時期や期間を相談（落ち着いてとりくめる時期に）
　②児童数以上の複本を準備（公共図書館や他校と協力）
　③児童が読んだ日と感想マークを記入する個人記録カードを作成
　④開始時に表紙を見せる紹介や数冊選んでブックトークを実施

　＊1 実践例『司書と先生がつくる学校図書館』福岡淳子　玉川大学出版部　246-250ページ
　＊2 リスト例『学校司書研修ガイドブック』学校図書館まなびの会　玉川大学出版部　102ページ

分類について

　この本では、本編リスト 240 冊と予備リストの本に分類記号と別置記号 E を付し、240 冊は分類記号のあとに分類項目名を入れた。その考え方を以下に述べる。

1. 分類記号

　1 万冊以下の蔵書数の小学校図書館で必要とされている[*1]日本十進分類法（以下 NDC）第 3 次区分（3 桁／要目表）まで採った。東京都立図書館と国立国会図書館サーチの分類記号、NDC 新訂第 10 版を確認し参考にした。

　2 つの記号を付与しているのは、複数の主題がある、または、伝記や記録文学の形式で扱うこともできる本である。蔵書規模や利用状況、配架の事情により各校で方針を立てて決定してほしい。

2. 分類項目名

「標準分類表」といわれる NDC の語では児童には難しい。参考にするために平易な言葉の「適用表」を探したが網羅した表が見つからなかった。そこで、芦谷清氏「NDC 中学校向け適用表（案）」[*2]を基本にして芦谷氏の表が空番の場合は NDC 新訂第 10 版から採った。なお、平易な語にする試みとして『小学校件名標目表　第 2 版』（全国学校図書館協議会　2004）を参照した会独自の項目名が一部ある。3 桁の児童用分類項目名統一は今後の課題である。

3. 別置記号 E（絵本）

　形態だけでなく対象年齢も判断材料とし、低学年向け絵本書架にも配架できると判断した本に付与した。形態は絵本であっても、おもに 4 年生以上に向く本は分類記号のみ付与し各分類へ配架という考え方である。

「ちしき絵本」を独立して配架する場合、冊数が増えたら、NDC に準じて「しょくぶつ」「どうぶつ」「からだ」「工作・あそび」などで分けられる。いろいろなジャンルの本と出合わせる読書環境作りになり、読書指導にも活かせる。

＊1『学校図書館のための図書の分類法』芦谷清著 全国学校図書館協議会 2004　p20-21
＊2『学校図書館のための図書の分類法』芦谷清著 全国学校図書館協議会 2004　p51

現在購入できない大切にしたい本

＊例会で高い評価でしたが、品切れ・絶版等で現在入手できずリストから外した本です。再刊、復刊時は購入をおすすめします。
＊所蔵している館では、廃棄せずに大切にご活用ください。

あげは
小林勇 文・絵　福音館書店　1972（1969）
あなたのはな
ポール・シャワーズ 文　ポール・ガルドーン 絵　松田道郎 訳　福音館書店　1969
ありがとう、チュウ先生
パトリシア・ポラッコ作　さくまゆみこ 訳　岩崎書店　2013
アリの子ツク
矢島稔 文　有藤寛一郎 絵　ポプラ社　1991
いのちあふれる海へ
クレア・A・ニヴォラ 作　おびかゆうこ 訳　福音館書店　2013
うちにあかちゃんがうまれるの
いとうえみこ 文　伊藤泰寛 写真　ポプラ社　2004
海はもうひとつの宇宙
高頭祥八 文・絵　福音館書店　2014（1995）
おかあさんのおっぱい
ホ・ウンミ 文　ユン・ミスク 絵　おおたけきよみ 訳　光村教育図書　2008
おねしょの名人
山田真 著　柳生弦一郎 著　福音館書店　1996（1994）
おはようちびっこゴリラ
山極寿一 文　伏原納知子 絵　新日本出版社　1988
外国から来た魚
松沢陽士 著　フレーベル館　2010
ガンバレ‼まけるな‼ナメクジくん
三輪一雄 作・絵　偕成社　2004
草と木で包む
U．G．サトー 文・絵　後藤九 写真　酒井道一 写真　福音館書店　2014（2000）
元気になってねフェンディ
大塚敦子 写真・文　小学館　2007
こうら
内田至 文　金尾恵子 絵　福音館書店　1988（1984）
サツキマスのいた川
田口茂男 著　草土文化　1991
自転車ものがたり
高頭祥八 文・絵　福音館書店　2016（1998）
島のたんじょう
ミリセント・E・セルサム 文　ウィニフレッド・ルーベル 絵　岩田好宏 訳　福音館書店　1969

セコイア
ジェイソン・チン 作　萩原信介 訳　福音館書店　2011

セミとわたしはおないどし
高岡昌江 文　さげさかのりこ 絵　福音館書店　2012

先生のわすれられないピアノ
矢崎節夫 著　ポプラ社　2004

大小便のはなし
藤田千枝 著　さ・え・ら書房　1987

とらってすごい！
内山晟ほか 写真　今泉忠明 監修　ひさかたチャイルド　2012

とりをよぼう！
大久保茂徳 監修　川又利彦 写真　榎本功 写真　ひやまゆみ 絵　ひさかたチャイルド　2011

なぞのサルアイアイ
島泰三 文　笹原富美代 絵　福音館書店　2014（2004）

ふしぎなイカ コブシメの誕生
板垣雄弼 著　新日本出版社　1987

ぶたにく
大西暢夫 写真・文　幻冬舎エデュケーション　2010

古くて新しい椅子
中嶋浩郎 文　パオラ・ボルドリーニ 絵　福音館書店　2014（1997）

ペンキやさん
あおきあさみ 作　福音館書店　2013

へんしん だいずくん
中山章子 監修・料理製作 荒木俊光 監修　榎本功ほか 写真　みやれいこ イラスト　ひさかたチャイルド　2010

ぼくのママが生まれた島セブ フィリピン
おおともやすお 作　なとりちづ 作　おおともやすお 絵　福音館書店　2010

ぼくの南極生活 500 日
武田剛 著　フレーベル館　2006

ぼくんちのゴリ
笠野裕一 作　福音館書店　2011（1988）

もうどうけん ドリーナ
土田ヒロミ 作　福音館書店　1986（1983）

森はだれがつくったのだろう？
ウィリアム・ジャスパソン 文　チャック・エッカート 絵　河合雅雄 訳　童話屋　1992

ゆげ
大沼鉄郎 文　小川忠博 写真　福音館書店　1984（1979）

書名索引

凡例

・本編 240 冊、予備リスト、コラム等に掲載した
　児童図書の書名を五十音順に並べています。

た

な

は

124

キーワード索引

凡 例

・本編 240 冊、予備リスト、コラム等に掲載した児童図書のキーワードを選び五十音順に並べています。
・各キーワードの下は、書名の五十音順に並べています。
・キーワードは『小学校件名標目表　第 2 版』（全国学校図書館協議会　2004）を参考にした会独自のものです。たとえば、「植物」には「果物」「野菜」「木の実」以外の本を入れ、「動物」には、複数の動物について述べた本を入れました。

127

129

は

参考文献

『図書館でそろえたいこどもの本 3　ノンフィクション』日本図書館協会児童青少年委員会児童基本蔵書目録小委員会編　日本図書館協会　1997

『子どもにすすめたいノンフィクション　1987 〜 1996』日本子どもの本研究会ノンフィクション部会編　一声社　1998

『子どもと楽しむ科学の絵本 850』子どもと科学をつなぐ会　メイツ出版　2002

『子どもの本のリスト　「こどもとしょかん」新刊あんない 1990 〜 2001 セレクション』東京子ども図書館編　東京子ども図書館　2004

『新・こどもの本と読書の事典』黒澤浩、佐藤宗子、砂田弘、中多泰子、広瀬恒子、宮川健郎編　ポプラ社　2004

『子どもと本をつなぐあなたへ　新・この一冊から』「新・この一冊から」をつくる会編　東京子ども図書館　2008

『科学の本っておもしろい　2003 − 2009』科学読物研究会編　連合出版　2010

『新・どの本よもうかな？　1・2 年生』日本子どもの本研究会編　国土社　2011

『新・どの本よもうかな？　3・4 年生』日本子どもの本研究会編　国土社　2011

『新・どの本よもうかな？　5・6 年生』日本子どもの本研究会編　国土社　2011

『学校図書館基本図書目録　2010.10 〜 2011.12』全国学校図書館協議会基本図書目録編集委員会編　全国学校図書館協議会　2012

『キラキラ読書クラブ　改訂新版　子どもの本 702 冊ガイド』 キラキラ読書クラブ編　住田一夢絵　玉川大学出版部　2014

『今、この本を子どもの手に』東京子ども図書館編　東京子ども図書館　2015

『「読書の動機づけ指導」歴代選定図書一覧表　昭和 42 年（1967）から平成 29 年（2017）まで』改訂第二版　武蔵野市立図書館編　武蔵野市立図書館　2017

「夏休みすいせん図書　本の森へ」西東京市図書館　2001 〜 2018

『子どもの本棚』（5 月号）　日本子どもの本研究会編　日本子どもの本研究会　2009 〜 2019

『子どもと読書』（3・4 月号）　親子読書地域文庫全国連絡会編　親子読書地域文庫全国連絡会　2009 〜 2019

『子どもと科学よみもの』科学読物研究会会報編集部　科学読物研究会　2009 〜 2019

『こどもの図書館』（3 月号　特集　こどもの本この 1 年）　児童図書館研究会編　児童図書館研究会　2011 〜 2019

『こどもとしょかん』（私たちの選んだ児童室の本）東京子ども図書館編　東京子ども図書館　2014 〜 2019

あとがき

　メンバーが、例会を通して感じたことをそのままお伝えしたく、それぞれの思いを記し、あとがきにかえさせていただきます。

　選書を任せられた時、文学以外の本の購入に迷いました。そこで、科学読物研究会の新刊研に参加することにしました。先輩の会員から科学読みものの見方を教わり、自分で読むことの大切さも痛感しました。この本にかかわった5年間、たくさんのことを学ばせてもらいました。ひとり職場で奮闘する司書にとって、このような学習会の大切さも実感できました。　　　　（金澤磨樹子）

　毎月課題本を読み、評価し意見を交わしてきた5年間はなんて貴重な時間だったのでしょうか。例会では、自分では気づかなかった角度からの本の評価に出合い、評価を発信することの難しさをあらためて感じました。また、司書が集まり話すことで大きな刺激をいただき、司書の基礎を見つめ直した時間でもありました。この積み重ねの結実は大きな私の財産です。この本が多くの学校図書館関係者のお役に立ちますよう願っております。一緒に歩んできた仲間と本と家族に感謝です。　　　　（磯沼利惠子）

　農学部を卒業し、子どもと自然にかかわる職につきたいと思っていた時期がありました。図書館員として働きはじめた頃、児童書に優れた科学の本があることを知り、本を通じて自然科学のおもしろさを伝えることができるのだ！と気づいた時の気持ちを、勉強会を重ねていく中で思い出しました。仲間と1冊ずつじっくり検討し意見を交わしたことは一生ものの財産です。「世界は驚きに満ちている」ことに気づかせてくれる本が末永く出版されていくことを願い、私はその本を手に、子どもたちと楽しんでいきたいと思っています。

　　　　（大森恵子）

　最初に声をかけていただいたとき、ノンフィクションの本への苦手意識や力のあるメンバーの中に自分が入るなんて迷惑をかけるのではないかと気後れし

かありませんでした。でも実際に例会が始まってみると和気あいあいとした雰囲気の中、1冊の本に対してたくさんの意見交換をする楽しさを知ることができました。また苦手意識のあったノンフィクションの本にも、よい本はおもしろくて読みやすいこともわかり子どもにすすめられる本が増えました。このメンバーで学習会を続けてこられてよかったです。　　　　　　　　　（塚田麻泉）

　それまで積極的に読んでこなかった知識読みものは、新鮮で、多くの発見と感動を与えてくれました。著者の人生をかけた研究や観察には深く考えさせられ、読者へのメッセージに心が熱くなりました。今までより、自然や生命のつながりを感じるようになりました。子どもたちにこれらの本を手渡す瞬間は、つくった人々の思いを届ける最後の一瞬だと、あらためて思うこの頃です。この5年間、言葉と真摯に向き合い学び合うことは、厳しくも楽しい経験でした。未熟な私を加えてくれた学習会の皆さんと、支えてくれた家族に感謝します。

（土屋文代）

　毎月の例会に通い、大量の知識読みものに触れる生活は新鮮でした。また、会の中で耳にする、司書たちがそれぞれの場所で努力する話は刺激になり、自分自身にはっぱをかけてくれました。紹介文の推敲ではお世話になりました。暑い夏、集まってリスト本を決定したこともよい思い出です。本作りの作業は大変でしたが、勉強になりました。この本が子どもに本を手渡す方のお役に立つことを願っています。　　　　　　　　　　　　　　　（村田直美）

　たくさんの知識の本を読んでいちばん心に残ったのは「すべての命の支えあい」です。この本も、先達の書誌から学び、関係機関や「本作り空」の皆様、装画のむらかみひとみ様、少年写真新聞社のお力添えを得てお届けできます。読者の皆様に、この本を通じて1本のバトンをお渡しできるとしたら望外の喜びです。今回、紹介させていただいた本を世に送り出してくださった著作者、そして関係者の皆様に心から御礼を申し上げます。　　　（福岡淳子）

●編者

福岡淳子（ふくおか・あつこ）
東京学芸大学卒業。小学校教員、小学校司書を経て、現在、小学校で図書の授業を担当するほか学校図書館などの講座講師をつとめる。日本子どもの本研究会会員。児童図書館研究会会員。著書に『司書と先生がつくる学校図書館』、共著に『学校司書研修ガイドブック　現場で役立つ23のプログラム』（共に玉川大学出版部）。第4回日本子どもの本研究会「実践・研究賞」受賞。地域では乳幼児対象のおはなし会を継続中。

金澤磨樹子（かなざわ・まきこ）
岩手大学教育学部卒業。小学校教員、三鷹市での小学校図書館の司書を経て、現在、東京学芸大学附属世田谷小学校司書として勤務。科学読物研究会会員。日本子どもの本研究会会員。学校図書館問題研究会会員。日野おはなしの会会員。共著に『先生と司書が選んだ調べるための本　小学校社会科で活用できる学校図書館コレクション』『りかぼん　授業で使える理科の本』（共に少年写真新聞社）。

●執筆者

磯沼利恵子（いそぬま・りえこ）
会社員、調布市、稲城市の小学校図書館司書を経て、現在、杉並区立小学校学校図書館司書として勤務。日本子どもの本研究会会員。

大森恵子（おおもり・けいこ）
東京農業大学農学部卒業。公共図書館嘱託員、三鷹市立小学校、成蹊小学校での司書勤務を経て、現在、横浜雙葉小学校司書。科学読物研究会会員。児童図書館研究会会員。「玉川百科 こども博物誌」シリーズ（玉川大学出版部）プロジェクトメンバー。

塚田麻泉（つかだ・あさみ）
小中高と学校図書館に司書が勤務する公立校に通う。小学校講師、大学図書館員を経て、現在、杉並区立小学校学校司書として勤務。日野・子どもと本の出会いの会会員。日野市の学校図書館をもっとよくする会会員。

土屋文代（つちや・ふみよ）
千葉大学教育学部卒業。小学校教員を経て、子育て期間に図書ボランティアを経験。その時に出会った校長先生のすすめで杉並区立小学校学校司書となり現在に至る。日本子どもの本研究会会員。執筆協力に『小学生のうちに読みたい物語　学校司書が選んだブックガイド』（対馬初音編著　少年写真新聞社）。

村田直美（むらた・なおみ）
福岡女子大学文学部国文学科卒業。地方銀行勤務時に、端末研修や端末マニュアル作成業務を担当。学童保育所勤務を経て、現在、三鷹市立小学校の学校図書館司書として勤務。市内のおはなしくらぶ会員。

装画：むらかみひとみ
装丁：オーノリュウスケ（Factory 701）
協力：中山義幸（Studio GICO）

企画・編集・制作：株式会社 本作り空 Sola
　　　　　　　　http://sola.mon.macserver.jp

学校司書おすすめ！ 小学校学年別知識読みもの240

2020年11月20日　初版第1刷発行

編　者	福岡淳子・金澤磨樹子
発行人	松本 恒
発行所	株式会社 少年写真新聞社

　　　　　　〒102-8232
　　　　　　東京都千代田区九段南4-7-16市ヶ谷KTビルⅠ
　　　　　　Tel（03）3264-2624　Fax（03）5276-7785
　　　　　　https://www.schoolpress.co.jp

印刷所	大日本印刷株式会社

©Atsuko Fukuoka & Makiko Kanazawa 2020　Printed in Japan
ISBN978-4-87981-727-3　C3090　NDC019